飛躍青春系列

旋風傳奇 2

魔鏡奇幻錄

修訂版

孫慧玲 著
步葵 圖

山邊出版社有限公司

「飛躍青春」系列

旋風傳奇2・魔鏡奇幻錄（修訂版）

作者：孫慧玲
插圖：步葵
責任編輯：趙慧雅
美術設計：李成宇
出版：山邊出版社有限公司
香港英皇道499號北角工業大廈18樓
電話：(852) 2138 7998
傳真：(852) 2597 4003
網址：http://www.sunya.com.hk
電郵：marketing@sunya.com.hk
發行：香港聯合書刊物流有限公司
香港新界大埔汀麗路36號中華商務印刷大廈3字樓
電話：(852) 2150 2100
傳真：(852) 2407 3062
電郵：info@suplogistics.com.hk
印刷：中華商務彩色印刷有限公司
香港新界大埔汀麗路36號

二〇一七年十月二版

ISBN: 978-962-923-452-2

18/F, North Point Industrial Building, 499 King's Road, Hong Kong
Published and printed in Hong Kong

目錄

推薦序一

接受挑戰、開創坦途

《魔鏡奇幻錄》雖然是《旋風少年手記》的續本，但故事完整，內容豐富，作者以生動的文筆，讓書中主角耀輝親自敍述成長路上一段奮鬥經歷。書中魔鏡照出的影像，其實就是耀輝本人，令他看清楚自己，知道必須抖擻精神，為命運掌舵。

全書文字淺白，節奏輕鬆明快。耀輝以第一人稱，娓娓道出當日考上了軍隊，如何在父母強烈反對下，終能取得他們的諒解入伍當兵，同時又細述在本港及英國受訓的種種苦樂。耀輝自知並非讀書材料，他從童軍活動找到未來，因父母反對從軍而開始了解他們；他將懲罰當做磨練，將逆境看作挑戰，終於成為出色的軍人。期間一次又一次受到打擊，家人的誤解、失敗的沮喪、嚴格的訓練，實在令人身心疲憊。作者樂觀活潑的筆調將艱苦和辛酸淡化，耀輝受屈被罰剪髮，父母晚年離異，他不僅沒有呼天搶地，自怨自艾，反而積極面對，在辛勤耕耘後得享豐碩的成果，使年輕人明白「遇到問題不要緊，最重要的是怎樣解決」（第十四章），重拾對前途的信心，奮發上進。全書洋溢親情、友情、愛情，溫馨細膩，實在是趣味與勵志並重的健康小品。

本書作者孫慧玲女士關心青少年事務，除參與童軍工作外，更熱愛兒童文學寫作。耀輝真實動人的成長故事，發人深省。他的經歷相信會令年輕人和所有關心他們成長的家長、教師及社會人士感同身受，產生共鳴。希望這本書能引起各界人士對年輕一代的關顧和愛護，並幫助他們從容接受挑戰，排除萬難開創坦途。

羅范椒芬
前教育統籌局局長

推薦序二

人人可以擁有的鏡子

每個作家對自己的作品都有他的憧憬。

寫《阿濃說故事100個》的阿濃說：「我希望從三歲到六十歲的人都喜歡它。」瑞典女作家格林娜說：「我要我的故事像玩具一樣吸引兒童。」果然，他們憧憬着的都實現了。

孫慧玲給我看她的《魔鏡奇幻錄》，我一口氣看完了。它吸引着我，我閉起眼睛來想想，這故事像什麼呢？故事在我腦子裏的影像把答案告訴我：是漫畫！

對！就是漫畫！是青春飛躍的漫畫。

因為這故事是以真人真事為依據的，漫畫化便更備形象化的魅力。

因為這故事是敍述一個人的成長的，漫畫化一格一格的飛躍，使讀者更能感覺到時間的步伐。

然而，一張真實的漫畫是平面的，只有文字才能給它一個紙空間，有一定的深度。

一張真實的漫畫「言簡」卻不一定能「意賅」，而文字卻可帶來靈魂深處的心聲。

二十世紀以來的青少年愛看漫畫，我相信他們也會喜愛這部《魔鏡奇幻錄》。不論是人們喜聞樂見的故事也好，像玩具般具吸引力的童話也好，漫畫化的故事也好，它們共同的一點就是供給青少年精神食糧，使人的精神向上，使人潛移默化而不自覺，這是有別於道貌岸然的説教式的、乾燥無味的讀物。在這點上，這本故事也是表現得痛快淋漓。

書名叫《魔鏡奇幻錄》，不但使人們能從鏡子中照見自己、也能以人為鏡，從別人身上學習，對人寬容的「油條」、帶着義肢參軍的戰士、不愛紅裝愛武裝的印度嬌娃，都成為主人翁成長的借鏡，寫來既真又奇。而主人翁的積極進取精神，不斷地挑戰自己的極限，化險為夷，以苦為樂，也寫得使人信服和感動。

這是一面奇幻的鏡子，卻也是人人可以擁有的鏡子。

黃慶雲
兒童文學家

自序

旋風起處

人生，似乎冥冥中自有主宰；但命運，又似乎可以自己掌握，自己改造。

如果你出身貧困，有一個暴虐的父親，自己讀書不成，*會考零蛋，想在運動上顯現潛能，可惜跑步得腳患，游泳染鼻炎，要好的女朋友又離你而去，上天好像總要拿你來開玩笑，讓你處處碰釘，路路不通，你會怎麼辦？

人生每多失意，如果我們自怨自艾，這樣，命運的魔掌便會像頸箍一樣，緊扣得我們透不過氣來；如果我們視失意若無睹，立定目標，意志堅定，遇險過險，遇難解難，則命運的魔掌便會變小，小得可以收在你的掌中。

*註：在耀輝的成長歲月中，當時的中學生於中五要應考中學會考，以爭取入讀兩年的大學預科班。2012年開始，香港的學制改為中六學生應考中學文憑試，投考大學。

耀輝就是憑着積極向上的態度，改變了自己的命運，造就了自己。他年紀雖小，卻很有志氣、有奮鬥目標。他屢次受命運作弄，也傷心、也不忿。不過，他在傷心不忿之後，是更堅毅不屈，尋求辦法，自強不息。這樣的孩子，叫人敬重、叫人佩服、叫人感動，驅使我執筆，寫成《旋風少年手記》。

《旋風少年手記》出版後，深深吸引了讀者，得到廣泛讀者的喜愛和支持。許多讀者，由小學生到大專生，由教師到家長，他們都想知道，耀輝加入軍隊之後，又有什麼遭遇？他的人生路，是否從此平坦光明？寫耀輝的故事，欲罷不能。

魔鏡高懸

是讀者的鼓勵和我對耀輝的由衷喜愛，令我繼續寫這位傳奇小子的傳奇故事。

《魔鏡奇幻錄》的前半部，寫耀輝中五之後，加入駐港英軍，接受艱苦訓練的經過；他和教官、同僚相處時發生的種種遭遇，而耀輝也由一個純真戇直的少年，成長為一個出色的年輕軍人。情節淚中有笑，令人發噱。

小說的後半部，寫耀輝他被選拔到英國軍校受訓的情況，每個環節都驚險萬狀，生死懸一線。驚險生死之間，卻不忘流露幽默風趣。耀輝孤身在外，沒有知心朋友的慰藉、沒有親人的扶持、更沒有錢財傍身，還得忍受父母暮年離異的難堪，可謂身心飽受磨練。他是如何調節自己的情緒，應付生活，接受挑戰，成就自己的？

說起來，你一定會驚訝不已，是魔鏡！魔鏡使耀輝能夠忍受種種艱苦的訓練，挑戰自己的極限！但你可知道，只要你善於觀察，善於利用，每個人都可以擁有一面魔鏡，造就自己？

《魔鏡奇幻錄》雖然承接《旋風少年手記》中耀輝的成長而發展，但它是獨立的故事，不受《旋風少年手記》的情節影響。它要說的是人的素質，即肉體和精神素質的提升、再提升的故事。

一念之間

《魔鏡奇幻錄》並不是人物傳記，也不是報告文學。所以故事情節的鋪排，經過文學的加工。就如耀輝父母的離異，其實直到今天，他們仍然未言歸於好，是耀輝的強烈要求，也是雲姨姨和作者的主觀願望，要在小說中安排他們重拾舊好，還耀輝一個温暖的家。

孩子的成長，需要一個温馨的安樂窩，成人遭遇人生風雨，也需要一個安全的避風港，這樣，成年人才會心平氣和，孩子才會積極快樂，大家才能無懼困難挑戰，社會的青少年問題才能解決，我們的社會才會和諧進步。原諒不原諒，和氣不和氣，只在一念之差，但卻造成迥然不同的後果。

我相信，普天下的孩子，都希望父母能夠相親相愛，合力建立一個温暖的家，讓他們在温馨中成長成材，父母子女都擁有快樂的人生，所以，我在小說中加插了一個團圓的結局。

寫《旋風少年手記》時，我哭了許多次，為兒童少年未有歡樂的童年流下了同情的淚；寫《魔鏡奇幻錄》時，緊張的情節和繃緊的情緒，使我如翻倒五味架，感情隨之起伏變化，胃也多次抽痛起來。我深切體會到成長中的耀輝在教育自己、提升自己中所付出的努力和堅忍。耀輝做得到，我相信，讀者們也一定做得到。

銘感於心

我很榮幸得到前教育統籌局局長羅范椒芬女士在百忙中為本書賜序。羅局長以懇摯的心和動人的筆觸鼓勵青少年在成長路上努力堅強，遇到困難挫折也不要輕言放棄，就像羅局長本人，在教育改革道路上障礙重重，但她總是笑意盈盈，極有耐性地應付困難，堅忍地面對批評，努力地尋求解決問題的妥善辦法。在溫柔的笑意下，是一顆熾熱堅毅的心，給予成長中的青少年最佳的模範。

很感謝兒童文學界老前輩黃慶雲女士賜序。久已心儀雲姨姨，佩服她將一生貢獻給兒童文學，創作無數，獲獎無數，至今九十幾高齡，仍然精神矍鑠，精力充沛，創意滿盈。最難得的是她誓要「活到老，學到老」，對創作懷有強烈的使命感，永遠要求自己走在時代的前面，作品要「幻想奔馳，敢於創新」。得這位文壇巨擘為本書寫序，實在是對我最大的鼓勵。

最後，我要多謝新雅文化事業有限公司前董事總經理兼總編輯嚴吳嬋霞女士對我的愛護和信任，我這位英華女校的師姐，是我兒童文學上的伯樂，《旋風少年手記》和《魔鏡奇幻錄》的初版和不停重印，正是她任內主持的；多謝現任新雅文化事業有限公司董事總經理尹惠玲女士全力支持和策劃山邊出版社的出版項目，重新編訂《旋風少年手記》和《魔鏡奇幻錄》，以配合《旋風傳奇3》的出版，使讀者能夠看到耀輝完整的成長故事，從而激勵自己努力，開創美好人生；多謝新雅文化事業有限公司出版顧問甄艷慈小姐的賞識，給予這兩本小說高度評價，認為是不可多得的勵志之作；還有，本書在編輯上趨向美善，有賴新雅編輯團隊的努力和盡心，謝謝。

當然，我更要多謝喜歡我的作品的大小讀者，你們的支持，你們的迴響，是我努力不懈的最大動力。

孫慧玲

*有關麥耀輝的少年成長故事，見《旋風傳奇1旋風少年手記》，山邊出版社出版。

一 意料之外

麥耀輝，你不是要說自己成長成材的故事麼？怎麼搞起「魔鏡」的玩意兒？

你喜歡照鏡子麼？

喜歡，當然喜歡，我們青少年，最要緊的是「靚爆鏡」！

照着鏡子，你可留意到什麼？

留意到什麼？當然是自己的樣子。喂！你到底要說什麼？

就是「魔鏡」的故事。

哼！你這人，說故事神神秘秘，奇奇怪怪，「吊」人口胃。快說，快說，我沒耐性跟你「魔來鏡去」！

每人家中的鏡，都有魔法，只是很少人發覺，很少人知道。

喔！你危言聳聽！想嚇死人麼?!

我麥耀輝，旋風少年，是學界運動賽中響噹噹的人物，可是長跑跑壞了膝蓋，游泳浸壞了鼻竇，結果被迫退出火線。雪上加霜的是心愛的女朋友小旋離我而去，我百無聊賴，又無心向學，渾渾噩噩地「挨」完了五年加一年留級的歲月，終於完成中學階段了。

咦，你為什麼不說自己中學畢業？

我會考零蛋，英文只會說yes, no, I, you，可以自詡中學畢業麼？

這時，我才發覺沒有學歷，沒有基本語文水平，根本就沒有出路，沒有前途！會考零蛋，我當然不敢奢望升讀中六。重讀？學校的確挽留我重讀中五，叫我為學校參加學界比賽，但我不想再在課室佔個座位發白日夢，明知無心向學，為什麼不去作別的嘗試？

天生我材必有用，但我有自知之明，知道自己不是讀書的材料，我要在另一方面證明自己的本事。

還好，我愛好運動，體魄強壯，熱衷童軍活動和野外生活，紮作求生技能一流，加上得到教會朋友的指導，一句 I like army life! 讓我考上了駐港英軍部隊，編號還是HK9771呢！

哈！這編號真蠻有意思！HK9771，97年7月1日，是香港回歸的大日子，如果是車牌，可以拿出來拍賣，底價九千七百七十一元！

你這「錢開眼」，虧你想得出！HK9771的編號只是巧合，與回歸無關，不要胡亂扯上關係。

你考入軍部後的日子，是不是一帆風順？你什麼時候升做上尉、再升做上校。再再升做上將？

再再再再，你以為坐摩天輪，發你的春秋大夢！

還有，小旋有沒有回來找你，嗯？

上將軍配美人兒，你倒想得太美好了！

那一天，是我從軍營中領取軍服回家的大日子！

我興沖沖地回到木屋區的家裏來，家中卻空無一人，只有鏡中的自己，我的滿心歡喜，只換來一點失落，一點寂寞。

我坐在家門前的破爛籐椅上胡思亂想，想將來的軍旅生活，想以後沒有媽媽在背後默默支持，沒有哥哥在旁扶掖鼓勵的日子，可會如自己希望般一帆風順……

當然，我更想起已經去了英國讀書的小旋，我十八年歲月中唯一的女朋友。噢，小旋，小旋，想得我心中興起一陣陣甜絲絲卻又隱隱作痛的感覺。

仲夏，被炎日炙過的熱風，混和着乾燥氣味，徐徐吹來，吹到皮膚上，薰得人渾身無力，只覺得好像被一對温暖的手輕撫着，整個人暖和而舒適，卻又懶洋洋、倦慵慵的，連轉過頭去再瞄瞄軍服的力氣也隨風消失了，眼皮沉甸甸地，不受控制地合上。矇矓中，我看見小旋回來找我，輕輕地撫摸我的臉龐，柔聲地跟我說着話，我伸出手來要擁抱她……

噢！想得好浪漫、好浪漫呢！

「嘿！這套是什麼鬼東西！從哪裏弄來的？」震天的咆吼，加猛力的一推，推得我從夢中彈跳出來，差點撞到那人身上！

赫！到底發生什麼事？是誰？誰，誰這麼粗暴對付我？

我睜開眼睛一看，只見媽媽怒目圓睜，滿臉通紅，額上青筋暴現，手背上動脈賁出，手指出盡力，指着我掛在牀邊的軍服大叫大嚷！

「這是我的制服，我考上了軍隊！」我慌忙地解釋，考上軍部的自傲感，要與家人分享的喜悅感，回家時空無一人的失落感，頓時飛到九霄雲外去了！

我雖然已經十八歲，根據香港法例，已經有投票權，但始終，我是在嚴父的權威和慈母的關顧下長大的小子，父嚴母慈的意識，深深地烙在心坎上。這一刻，我只有驚愕與慌張，一心只想平息媽媽的怒氣——其實，我並不明白平日温婉慈愛、疼我護我的媽媽，為什麼會大失常性，對我生這麼大的氣。

「有這麼多工作不去做，竟然去當兵！兵即是賊，賊即是兵！做兵，丘八！就是嫖賭飲吹，殺人放火！白天惡事做盡，晚晚惡鬼纏身！今生作孽，下世報應。」

天！機關槍，簡直就是一把淩厲的機關槍，自家製造痛罵、詛咒的彈子，從血紅色的槍口中激射出來……說真的，我從來沒聽過媽媽一口氣說出這麼多話，這麼多有失溫柔、難聽、氣憤、惡毒、不分青紅皂白的話！

「我的媽……」奇怪的反應，誇張的表情，莫名其妙的惡毒說話，弄得我瞠目結舌，不知如何回答：「這是……」

說時遲，那時快，媽媽已經衝入屋中，一伸手，抓起我那套簇新的軍服，雙手用力，就要撕爛它，只是它的布質堅韌，不易撕毀，接着，她手一揚，先把軍服舉起，作勢要把它擲到地上。看，她的腳也準備好了，軍服一掉到地上，她便用力踩上去。

我衝上前去，抓住衣架的另一邊，就是不要讓制服掉到地上。我不知道媽媽發什麼神經，但她突然其來的無理取鬧，激起我的反感、反叛和反抗……

我——我要跟她鬥到底！誓保軍服！

軍服代表我作為男子漢的尊嚴，象徵我個人努力的成果，這象徵意義驅使我不顧一切，一定要保衛它！

天！你要和你媽媽打架？母子毆鬥？母受傷，子逃跑？哇！大新聞！好瞄頭！

你真是烏鴉嘴，唯恐天下不亂！

快說下去，你到底對你媽媽做了些什麼？

兩母子，對峙着，怒瞪着，跟着會發生什麼事？

媽媽會打我麼？我會控制不住情緒還手麼？

媽媽的身高只在我的腋下，她嬌小瘦弱，我強壯健碩；她有點駝背，我腰板挺直，她手上青筋盡露，我胳膊肌肉隆起，只要我一鬆手，保證她變作滾地葫蘆，甚至骨折。但我沒有鬆手，我不想傷害媽媽，當然，我更絕對不屑以男欺女，以強淩弱。

我還記得，十三歲那一年，我獨自上山練跑，遇上大雷雨，滾下山坡，遍體鱗傷，撿回小命，帶着渾身污垢和痛楚回家，一進門，被爸爸不由分說痛打的一幕：

我落在左方，喲！他便在左面拍擊；

我躲到右方，嘿！他便向右面撲掃；

我蹲下身來，吁！他即抄手下旋；

我縮起一腳，哇！他即翻手撲打；

他手疾眼快，嘩！我手忙腳亂；

他手到擒來，唉！我束手待斃……

昔日，爸爸以強凌弱，殘虐我的身體！是媽媽對我多方憐惜，竭力維護，今天，我怎可以傷害愛我護我的媽媽？

可是現在，卻是媽媽恃着長輩的身分專橫，妄顧我的感受！

突然，媽媽把手鬆開，退後一步怒視着我。我想不到她有這一着，整個人向後跌倒，重重的、重重的跌坐地上。在危急中，我左手撐地，右臂挺伸向上，保持軍服不摔到地上。我跟媽媽一樣，雙眼通紅，迸出了怒火，我和她，劍拔弩張。我感到驚惶失措，也同時羞愧莫名，憤怒難當。我的自尊受到極大、極大的打擊，我緊緊地咬住嘴唇，咬得嘴唇破裂，鮮血涔涔，我沒有伸手去抹，只是硬把鮮血和血腥味往肚子裏吞。

溫柔婉弱的媽媽，怎麼變得這麼橫蠻無理、張牙舞爪？

媽媽的表現，實在，實在太出人意料之外了！

奇怪，伯母一向説話溫柔無力，為什麼一下子變得這樣「激」？

「有什麼事不好做，要去當兵！」媽媽流着淚吼叫道。

到底，發生了什麼事？我一不去偷盜，二不姦淫擄掠，三不為非作歹，我只是憑自己的本領和誠意去考取軍部的工作，證實了自己的能力，也誓要考驗自己的意志和實力，做一個真正的男子漢。到底，我做錯了什麼，説錯了什麼，令媽媽有這麼大的激動和反應?!這乾癟瘦弱的身軀內，藏的是一顆怎樣的心？血肉相連的母子，怎會這樣難於溝通，難於明白，難於理解彼此的處境和感受？一句話，親骨肉間，為什麼不能互相欣賞，彼此接受？

我氣得熱血上湧，心肺像要撕裂，眼淚控制不住的要奪眶而出。可是，我十八歲了，而且是堂堂男子漢，我不要讓爸媽看見我流淚。對！我需要找一個地方，使自己冷靜下來。

我把那套簇新的軍服掛回牀邊，別過頭去，走到屋外，拔腳就跑，一口氣跑到山上去。

二　那人那山

我坐在山上，就在當年我在長跑賽中，因膝蓋痛極跌下暈倒的地方，也就是小旋告訴我要離開我，到英國讀書的地方。

你時常提起上山、跑山、滾下山、山上受傷、山上分手的事，這座山叫什麼名字？在哪裏？

香港到處都是山，對你來説，每座山不都是一樣？

人家好奇嘛，你的讀者也有興趣知道呢。

唉！這山上的這一小處地方，有我的血、我的淚、我的傷痛，對別人來説，這麼的一個肉體和心靈的創傷地，應該遠遠避開，別讓它勾起回憶，撕開傷口，但我不會這樣做。相反地，我一覺得不開心，便會一口氣跑來這裏，告訴山，告訴樹，告訴空氣中的小旋，有時更索性來一場嚎哭，發洩自己的情緒。

受這麼多挫折，你有沒想過用刀片剕手？或者把心一橫，來個跳樓自殺，嚇嚇你的爸媽，表示報復？

不！我不會用刀劃自己的手腕大腿，又難受又難看，太愚蠢了；尋死？開玩笑！我尊重生命，更愛我自己。我堅信，時間可以治癒一切，就像我以前的腳傷和鼻患一樣，你給自己的身體和心靈時間，給它們機會，給它們鍛煉，用耐性和毅力做療方，它們便會自己痊癒過來。報復？怕你報復不了誰，只報復了自己！

我摟着自己的雙膝，就像摟着親愛的自己和小旋一樣，木頭般靜靜地蹲坐在山石上。山風徐徐吹送，吹乾了我的淚水，也吹送來陣陣野草山花的清新香味，撫平了我原本劇烈起伏的胸膛，我什麼也不去想。想，既然也想不出所以然的話，我為什麼要去想呢？我只放眼遠山遠海，不強逼自己費勁去想，只見遠山靜伏，遠海無波，殘陽斜照，萬道金光，一片澄明，一片耀目，世界如此美好，事情總不會沒有轉彎的餘地吧？漸漸地，我的怒火轉弱了，熄滅了，我的內心空蕩蕩的，無恨無嗔，一片平靜。

匪夷所思，莫名其妙，情緒忽來又忽去，說得真的一般，有沒有可能呀？

你可聽過「森林療法」？

我只聽過「涼風有信，秋月無邊，虧我思嬌……」

睬！不要再吵了！

總之，我覺得，每次我有煩惱，大地母親，都會用最温柔的方法，教我冷靜，教我重新面對困難，面對挫折。

夕陽西沉了，滿天霞彩漸漸變得紫紅了、藍了、深藍了、黝黑下來了。山間，山鳥的啁啁鳴唱，使山林變得更加深達，更加幽靜。記得中學時，曾經學過一首詩，其中一句好像是什麼「鳥鳴山更幽」，鳥兒的鳴叫，證明了四處無人，山林更顯得幽靜，荒山寂寂，只有一尊像木頭般的我，一動不動的，融入山，融入樹，融入泥塵中，再不分物我。

好高深啊！

我這時，再沒有對媽媽的恨，對媽媽的怨，只有爭吵後的失落，憤怒後的孤獨，很需要擁抱點什麼，吟詠點什麼，但可惜，小旋不在身邊，有什麼可以擁抱的呢？以前讀書又不用功，想吟也吟不出什麼來了！唉！

「你可知道我們為什麼會反對你？」

鬼魅般乾澀的聲音，在身後飄過來，嚇得我倏地轉過頭去。我只見到一對乾癟的腳，小腿旁吊着一對爛布鞋，也不知道是什麼顏色了，左邊一隻，右邊一隻，在風中搖晃着！

哇！無頭鬼呀！老人家都說啦，三點前屬人界，三點後屬鬼界，入黑後不要上山，免碰上游魂野鬼！

莫說你疑神疑鬼，我也被嚇得整個人彈跳起來。

「你可知道媽媽為什麼反對你當兵？」

吁！原來是爸爸！

說真的，爸爸個子矮小，身材瘦削，加上生活艱難，工作辛苦，壓力不小，年紀一大，更形銷骨立，乾癟如一條枯木了。加上小腿兩旁吊着爛鞋，在暮色已臨的山頭，自然會被看成是游魂野鬼，嚇得人三魂不見七魄的。

他為什麼追上山？不打你，不罷休麼？

我也是這樣想，帶來爛布鞋，就是要「拍扁」我。

我站起來，比他高了一個頭，山風從背後吹來，吹熄了我的怒火。這時候，對這未老先衰的爸爸，我反而有點不忍心，我不知道要做些什麼，說些什麼，我只知怔怔地站着，原本已經平復了的心情又再緊張起來，霹霹啪啪的聲音早在耳中響起。

又會害怕得這樣子？真誇張！

你去問問曾經被虐打的兒童，便知我所言非虛。

不要忘記，閣下已經高齡十八了！

童年陰影，聽過沒有？

那麼，到底你爸爸有沒有「拍扁」你？

我聽到爸爸喃喃地說着：「你可知道我們為什麼會反對你參加軍隊？」

「自小，我做任何事，你都從沒有支持過。」

「你看這雙爛布鞋……」爸爸拿起鞋來，一手一隻。

的。

我心中忖測：來了，今次準是左右開弓，霹霹啪啪，霹啪霹啪，把我拍得扁扁

我嚴陣以待，雙腿開弓紮馬，穩定下身，再忖想着是逃是躲，是進是退，是攻是守。

只見爸爸緩緩地低下頭，手中撫弄着爛布鞋，完全沒有用它來拍打我的意思。

聽媽媽說，爸爸在十一歲那年，因為要逃避戰禍，被迫離開父母，跟叔伯徒步走來香港，祖母親手為他做了一雙布鞋，走過萬水千山之後，這雙爛布鞋就被珍而重之地收藏在爸爸的牀下。

爸爸坐在一塊大石上，沉思在過去的歷史中……

我為什麼在十一歲時，不，十一歲是中國人的說法，我當時實際年齡只有九歲，為什麼我才九歲，便要離開父母，離鄉別井，不能上學，沒有童年，沒有生活？就是因為戰爭！邪惡的日本軍隊長驅南下，所到之處，燒光、搶光、殺光，大一點的男孩子和壯丁，為免被擄去做苦役或者被殺，婦女為免被蹂躪，能躲的躲，能跑的跑，不

能躲又跑不動的都不是被擄就是被殺了。

逃跑路上，飛機就在頭頂上投彈，不幸被炸死的人不計其數，更不幸的是，到處都是被炸傷倒地痛苦呻吟的人。

一個青年，被炸斷了手臂，用另一隻手拿着斷臂，坐在路旁慘叫：「救我！請救救我！」

我聽得皺起眉頭。

另一個青年，摟着血肉模糊的斷腿，一邊哭，一邊用單手爬行着，路上的沙呀、泥呀，封得他滿臉、滿嘴、滿身都是，他的斷腿，也醮滿了沙泥腐葉。

吁，你爸爸在講恐怖鬼故事？

比鬼古還恐怖！真實感太強了！

你的一位伯父，被日軍捉去，受不了「放飛機」的酷刑，死了。那時他才十六歲呢，比你現在還年輕！

我呢，就在逃難時，滾下山坡，被山石削去大片皮肉，死不了算是天意，傷口癒合了，但直到現在，稍微用力說話也會作痛。

爸爸徐徐脫下上衣，天！皮包骨的身體，左邊竟然是密密麻麻的針縫受傷後再長出的皮肉，表面凹凸不平，在黝黑的山色中，顏色發亮，見證了戰爭的罪惡，我看得驚心動魄，毛骨聳然，只覺噁心！

「噢！爸爸，太殘忍了！請不要再說了。」

不說我的，說說你媽媽的故事吧！

你的媽媽，父母在戰事時去世，六兄弟姊妹，在掙扎中成長。在日本軍隊進村的日子，她才四、五歲，便得和兄姊倉惶逃難，到處躲藏，在山野、在墳地，甚至與死屍同躺在穴中，聽着自己的心跳和附近的軍靴唰唰唰唰，軍刀擦地嘎嘎嘎嘎，子彈嗖嗖嗖的聲音，恐懼從此深深地烙在媽媽幼弱的心靈中，抹不去，忘不了。

這一對布鞋，是你的祖母為我做的，好不容易走遍萬水千山，為的是逃避戰禍，逃避日軍。現在，你卻加入軍隊，加入殘酷冷血殺人放火的行列，怎不勾起我們長埋心中的恨怨和恐懼？爸爸說着說着，竟然流下淚來。我見過爸爸青筋暴現，兇神惡

煞；我見過爸爸沉默不語，面冷色峻；但我從沒見過爸爸傷心流淚。我不知所措，慌忙解釋：

「不！不！！爸爸，我……我從沒，從沒想過要殺人，我……我只想做一個堂堂的男子漢……是的，我想要接受艱苦的訓練，挑戰自己。」

「戰爭就是厮殺，你不殺人人殺你。在戰爭中，一聲令下，你可以不服從？」

「當日我們的國家如果有強大的軍隊，高素質的軍人，人民便不用受被侵略之苦。」

「……」

「我要維持和平，保護弱小，沒有本領，我可以做得到麼？」

「……」

「爸爸，要不被人欺負看小，就先要強壯自己。加入軍隊，我也不過是想考驗自己的能力，做個真正的男子漢，請你成全我吧。」

「……」

十八年來，我們兩父子，從來沒有這麼坦誠、長時間的對話，此刻，我對爸爸，有從來沒有過的了解、佩服和敬重。我明白了他日常沉默不語的原因；我佩服他小小年紀便能堅毅獨立，自強不息；我敬重他對生命的執着和不言放棄的勇氣；我更驚訝他能以傷殘的身軀努力工作，養活一家人，卻從不哼一聲！我很有衝動想緊緊摟抱他，但礙於中國家庭父子的拘謹，成長中父子的疏離關係，我沒有這樣做。

爸爸望着遠處的山頭，想是回憶着當日滾下山去，被山石削去大片皮肉的痛苦片段中吧，他沉默了好久、好久，兩手撫弄着那雙爛布鞋，有時用力地搓揉，有時輕輕地撫摸，表現了內心的多番掙扎，最後，他才吁了長長的一口氣，說：「唉！或許，當兵也沒什麼大不了……你也是很艱難才考入軍部的。」

想不到，平日沉默寡言，對我只有打罵，使我覺得冷酷無情的爸爸，在我人生路上的交叉點，竟然可以如此通情達理，肯尊重我的志願，接受我的抉擇！

我感動得熱淚盈眶，不知道說些什麼才是，反倒是爸爸輕拍我的肩膊，表示鼓勵。

三　頭髮的風波

我摻扶着爸爸下山，內心充滿無言的感激。

說真的，對這樣的一位暴力嚴父，我從來只知害怕、逃避，別說心底話，就是連話，也很少跟他說。雖然他努力工作，掙錢養家，但他絕對、絕對不是可以溝通的對象，我和哥哥每天跟他說的，就是在晚餐桌前的一句：「爸爸吃飯。」他總不會回答我們，只是低頭默默地吃他的飯，吃完便離桌，看他的報紙去。學習上，運動競賽上有問題，我會找哥哥；生活上有問題，我會告訴媽媽；情緒上有問題，我會跑到山上吁吁氣，或者去教堂祈禱。在成長的日子中，爸爸似乎是個重要卻又可有可無的角色，他在我和哥哥的心中，沒有佔多少地位。但在今天，他讓我看到他的過去、他的成長陰影，他讓我明白到，家是他孤獨風中的依傍、恐懼海中的碼頭。

不，我應該說，他才是家中的支柱，他每天辛苦工作，每年只給自己兩天假期，就是要維持這個家，就是要給我們一個健全的家，但家，給了他什麼呢？可能只是吃晚飯和睡覺的地方！我們沒有人覺得他重要，沒有人理會他的感受，沒有人諒解他的粗暴行為，甚至可以說，沒有人重視他的存在，連媽媽也說過：為了我兩兄弟才容忍他，否則，早就離他而去了。

一路上想着想着，不覺又鼻子酸酸，兩眼濕濡了，我實在覺得慚愧，我憑什麼去判斷父母對子女的愛有多深？

你有沒有扮「低B」，向你爸爸道歉，說對不起？

「低B」？你以為向人道歉，說對不起是「低B」行為？你可知道道歉，尤其是向日夕相對的家人道歉，需要多大勇氣？中國人的家庭教育，好像不大習慣說「多謝」，「對不起」等。你做錯事，肯立即道歉嗎？

當然不會，說不出口嘛。

我攙扶着爸爸，一路上，兩父子，默默無語。

回到家中，只見媽媽怒氣未消，鐵青着臉，緊皺着眉，怏怏不樂地瞪着掛在牀前的軍服出神——奇怪地，她並沒有在我不在場的時候對付我的軍服。

一進門，爸爸便好像對自己說話般喃喃道：「輝仔也是很艱難才考入軍部的。」

媽媽倏地轉過頭來，露出錯愕的表情，說：「怎麼你……你……竟然同意他去當兵？」

「當兵也沒什麼大不了。」爸爸淡然地，望着我的軍服應道，還是他在山上說的兩句話。

「我還以為你會強烈反對！」

「我已經答應他，你不用多說了。」說完，爸爸便走進洗手間，把自己關起來。

媽媽不明所以地瞪着我，我被瞪得垂下頭來，輕聲哀求道：「媽媽，你不也為了生活，替軍人打工麼？今天，請你成全我吧，我保證，我一定會做個出色的好軍人。」

媽媽曾經在一位軍官家中當女傭，不但掙取了生活費用，還掌握了軍部正規的洗熨和擦鞋技巧，更學會了日常英語會話、西菜烹飪和西方餐桌禮儀。為軍人做事，給了她種種好處，我的話，使她無言以對。

一夜無話，第二天大清早，才起牀，便看見那套軍服整齊筆挺地掛在牀邊，沒有一處皺痕。沒可能的，昨晚睡前，我還打算今天起個大清早，把它熨直呢。

一定是你媽媽替你熨的。

猜得不錯，媽媽曾經替一位軍官做女傭，養成一絲不苟的工作習慣，擦皮鞋，光潔亮麗，光可照人；熨制服，堅挺筆直，絕無瑕疵，技術一流。我跳下牀來，爸爸上班去了，媽媽正在為我準備早餐，我走過去，摟着媽媽的肩膊，親暱地說：

「老媽子萬歲！」

哈！你不知道嗎？老媽子，是指家中老的女性傭人。

有這等事？沒有留意。

嘻，你當你的媽媽是年老的女傭，讓我告訴她去。

不要拌嘴加手指指，還要聽故事嗎？

是，是，請說下去，請說下去。

哎！我愛制服！制服整潔筆挺，穿在身上，顯得人英偉威武，照照鏡子，覺得鏡中人帥極了，我忍不住要封自己做偶像。媽媽在旁也看得面露笑容，欣賞着她那已經長大的孩子，昨晚的陰霾已一掃而空。

鏡中母子，母親一臉慈祥欣賞，兒子氣宇軒昂，好一幅母以子為傲的圖象，我看着、看着，要把這圖象印在腦中，好作為今後努力奮進的動力。

好一會兒後，我才「嗖」地舉起右手，向媽媽敬了個禮，對鏡中自己擠弄了一下眉眼，接着提行李袋，離開家門，邁向前路去了。

自從脫下童軍制服後，我從沒有像今天般神氣，充滿自信，太好了，有什麼比可以做自己想做的事更好的呢？一路上，吹吹口哨，哼哼《男兒當自強》，我實在太開心了。

想不到，就在軍隊的第一天，竟發生了「傻小子渾號」和「頭髮的風波」事件。

你是命中注定，總有意料之外的事發生？

或許是上天關顧着我，給我磨練。

第一天回軍部，教官集合新兵，點名之後，問道：「你們有誰是為理想加入軍隊的？」我不假思索地高高舉起手，教官瞇着眼、抿着嘴對我笑，但我隱隱覺得，他的笑容似乎帶點不懷好意，是諷刺的，替我可憐的笑。我警覺地環顧四周，哎！全場就只有我的一隻手！

「HK9771，說說你的理想。」

「挑戰自我，做個出色的好軍人，保護弱小，維持和平！Sir！」

「希望你能達到理想，哈哈。好！大家給這傻小子一點獎勵的笑聲！」教官下命令道。接着，全場奉命爆發連串笑聲，「傻小子、傻小子」的叫聲，此起彼落。

好尷尬哩！

我當然覺得尷尬，尷尬得想在地上找個洞穴鑽下去！

要是我，準要氣得唔do！

好戲還在後頭呢！

忽然，威嚴英武的教官收斂了笑容，全場也立即寂靜無聲，「你，HK9771，站出來！」

「Yes, Sir!」我不知道發生什麼事，在全場注目下、寂靜無聲中，尷尷尬尬地走上前去，站在他面前。威嚴英武的華籍教官，高我一個頭，高大的身材，粗壯的四肢，毛茸茸的的雙臂，看得我好生敬畏，我還未立正，他已抓住我頂上一撮頭髮，問道：

「為什麼要做金毛仔？」

「Sir，天生的。」

「還說沒染髮？」

「No, Sir!」

「晚餐之前，給我剃掉，不要以為軍隊中金毛才夠威。」

「Sir，我沒有……」

「回到隊中！」他喝令道。

唉！我的話還沒有說完呢。我想告訴他，我的頭髮天生並不烏黑，加上游泳池的氯氣和跑步的暴曬，髮質受損，所以髮色帶黃，可惜我沒有給機會解釋，軍隊講求絕對服從。

當眾受辱，而且被冤枉、被「屈」，你感到憤怒嗎？

當時，的確有被「屈」的感覺，但我更覺得奇怪的是：為什麼沒有人為理想而加入軍隊？

被人笑做傻小子、金毛仔後，還有面子嗎？

面子？當眾被辱罵當然丟臉。不過，在軍隊中，做新丁，要生存，要融入部隊，最重要的是放下自我，切忌自尊膨脹。要有面子麼？用自己的努力和出色的表現掙回來，不要等待別人施捨！你不要忘記，我加入軍隊，就是要接受磨練，挑戰自己。

在那一刻，我已下定決心，讓今天瞧不起我的、譏笑我的、羞辱我的，他日看我出人頭地，對我佩服得五體投地！有一天，我要他們豎起拇指說：

「Panda，你真行！」

解散後，教官下令一位新兵DJ替我剪髮。這位仁兄，剪什麼髮呀，雞手鴨腳的，簡直在剃頭，左邊「嘎」的一剪，右邊「唰」的一刀，前面「嗖」的一削，後面

「吱」的一劏。

你說故事可真誇張，剪髮哪有這麼多不同的聲響。

我沒有誇張，DJ人如其名，「口水多過茶」，一邊揮動剪刀，一邊配音，還把我的頭轉來轉去，他自己則跳來跳去，你驚魂未定，他已手起剪落，嚇得我眼隨他轉，密切注意他的一舉一動，生怕他削了我的頭皮，剪去我的耳珠兒。

「剪好了嗎？」我像沒耐性的小孩子般，每兩分鐘問他一問。

「不要急，我從來沒替人剪過髮，不要催促我。」

老天！他從來沒替人剪過髮?!想來我今天真倒霉透了。

在這時候，有人推開房門，伸頭進來，又「呯」的關門走了。我立即心生一計，對DJ說：「他說教官找你。」

DJ不假思索，放下剪刀，對我說：「等我回來。」

DJ一轉身，我立即跑到鏡前，一看自己的頭，連聲咒罵：「可惡的DJ！天殺的DJ！」他，把我的頭弄得不似頭，左邊剪得稀薄扁平，右角短髮削得雜亂企豎，耳後剷光了一圈，髮腳則參差得像蓬生的小野草。自小已懂得替人理髮掙錢的我，最重視髮型的好看，給他這樣胡亂一剪，真箇要日夜戴帽「遮醜」了。

我咬咬牙，拿起剪髮器，由右至左，由前而後，把頭髮通通給削下來，還自己一頭清白。

剃光？

不，是剪盡，剩下一點髮腳，俗稱「陸軍裝」。

「傻小子，你『點』我？哎！你不等我回來，竟然自剃？我要向教官告發你！」

DJ先是氣呼呼地吵着，繼而傻兮兮地驚叫起來。

「告發什麼？告訴他你天真、你純潔，所以中計？」

「你……」

「這件事只有你我知道，這髮型是你剪的，怎樣？」DJ無話可說，只好同意。

我和他走出房間，其他兵丁看見，嘖嘖稱讚。

晚上，軍營中排了一條長龍，竟然都是等DJ理「陸軍裝」的兵士哩！

四 零時零分

軍旅生涯不容易！

每天五時起牀，三分鐘內洗漱穿衣，還得把被子摺疊得像豆腐乾一樣四邊齊整，早餐還沒吃，便得列隊，開始一連串的訓練：一百次掌上壓、一百次仰臥起坐、一百九十次揮臂、一百次跨步、一百次蹲下起立，做完了還有步操，然後才解散去吃早餐。早餐之後，是兩小時的擒拿格鬥訓練。午餐之後，再來兩小時的高温曝曬「坐姿」、「站姿」訓練，然後還有每天不同的越野訓練、攀石訓練、射擊訓練、泅渡訓練、負重泅游訓練、獨木舟操作訓練、船桅操控訓練、機械操縱練習等等。

晚上可以休息吧？

休息？忽然來一個夜間召集、黑夜追蹤、敵軍偷襲，教你卧不安席，食不知味。

總之，加入軍隊，可說是最好的意志磨練，它無時無刻不在迫你去挑戰生命的極限。軍旅生涯，實在刻苦而壓力沉重。

你們剛離開學校，能夠適應麼？有沒有可笑的事發生？

嘿，不但可笑，更屬幼稚。

這天，晚上十時，全營燈熄火滅，是上牀的時間，DJ悄悄地通知我。

「零時零分，在東閘口旁垃圾站集合。」

「做什麼？」

「你來便知道。」

「不，你說清楚……」

咯、咯、咯，門外響起教官皮靴擦地的腳步聲，教官來巡房了。

「不要嚕囌，到時見。」DJ邊說邊急急跳上牀去，蒙頭作睡覺狀。

我無可奈何，鑽到被窩中，等待，零時零分。

當天晚上，新兵營舍內，不少人輾轉反側，不能成眠。

讓你猜猜看，零時零分，他們會搞什麼鬼？

你以為有什麼鬼？零時零分，你去尖沙咀、銅鑼灣看看，滿街都是人，青少年尤其多，不想回家，不屑睡覺，只想三三兩兩。三五成羣，在街頭蹓躂、蹓躂，時坐時蹲，說這道那，直至天亮，嘿！什麼零時零分，有什麼稀奇？濕濕碎，小事罷了。

零時零分，一分不差，到達東閘口旁垃圾站，黝暗中只見人影憧憧，蹲伏在鐵絲網旁。

「來了，我們翻過安全網，到墟中找吃去。」DJ煞有介事地宣布道。

嘿！還以為要去幹什麼大事，這羣新兵，原來只是想要點反叛的小把戲！

記得以前，每次童軍露營，我總是做「馬騮頭」，糾黨溜出營地，徒步跑過黝黑的山間小徑，到墟中蹓躂，找地方買飲品或吃夜宵。這挑戰紀律、挑戰權威的玩意，我是老大哥，玩得最多。DJ那次替人剃了頭，做了亞一使出餿主意。

「我不去了。」我悄聲道。

「不去，怎可以，想做鬼頭仔？」

「這玩意我在童軍中玩夠了，沒新意。」

「不行，你知道我們的計劃，不去不成。」

「你不布置一個人在營房內，萬一教官突擊夜巡，誰去應付局面？」

「……說得也是，警告你，不要做鬼頭仔，去通風報信。」

「我像是沒道義的人麼？」

爭辯中，忽然「卡！」的一聲，整個軍營的探射燈都亮起來，東閘口旁垃圾站尤其燈火通明。

「啪、啪、啪、啪」，沙展、上士、少尉、少校都來了！

少校笑瞇瞇的，不怒而威，神情就像貓兒玩弄老鼠般，一邊走近我們，一邊拍手說了一句英語。

教官翻譯說：「誰是蛇頭？」

可惡的DJ、奸詐的DJ，出力一推，要推我出去，我本能地迅速穩住下盤，紋風不動。

「Hahaha! Boys, listen!」少校說。

教官按動手上的微型錄音機，我和DJ的對話清晰可聞，我們面面相覷，DJ更是無話可說，只好俯首認罪。

長官們分明早已知道「敵方」動靜，所以作好了準備，錄了音，說不定，還用了紅外線攝錄機，叫這班新丁無所遁形。

自己的一舉一動，全在別人的監察之下，你不覺得恐怖嗎？

這是軍事技巧之一，叫做「偵察術」，所謂知己知彼，百戰百勝嘛。你猜，長官們是怎樣知道的？

（疑惑地）你做二五仔？

咗！竟然懷疑我？豈有此理！

那麼，他們怎會知道？

我也不清楚，但自從那一次之後，我對長官們洞悉軍情的間碟技巧佩服得五體投地，從此對軍隊生涯更是愛上加愛，還深深地迷上了敵軍偵察術，很想向長官們學本領。

結果怎樣？

什麼結果怎樣，你說還會怎樣?!

一眾人等，被罰在軍營四角立正站崗，直到天亮。

DJ是老大，被加罰單獨洗刷全營的窗子，其他人則被罰抹桌椅，即時生效。

你呢？又不關你的事，不會罰你吧？

長官說我知情不報，對軍隊不忠，一樣要罰。

真不公平。

國有國法，軍有軍紀，沒有什麼不公平。我被罰擦鞋，擦所有長官的鞋。

Easy job啦！

Easy job？你說得倒輕鬆，當晚即時開始，教官說要站着擦，每對鞋還要光可當鏡。數數看，一共十五對，擦每一對，我用了十五分鐘，十五對，用了我接近四小時。當天晚上，由淩晨一時開始，到五時才完成，送到教官房前，等他起牀後檢查，等到六時，疲倦得站着睡了。

「HK9771！」呼喝聲中，我醒過來，威嚴英武的教官，提起其中的一對鞋，對自己一照，搖頭；提起第二對，一照，又搖頭；第三對，又是搖頭……最後，他說：

「再去擦，擦完鞋，拿起來照照，鞋面上要清清楚楚地照見自己的兩道眉，才叫合格。照不見自己的眉毛，不要來見我！」

好挑剔啊！

這叫做要求嚴格！

你生氣嗎？

是我自己要求不高，抱着僥倖的心，想快點完成工作，結果，不符合要求，也算咎由自取。

我第一次領略到軍中的嚴格要求。

我看看十五對皮鞋，心想：有人教我怎樣才能把鞋擦得光可照人便好了。忽然，我想起了和媽媽談過有關擦鞋的一番話：

一次，童軍檢閱儀式的前夕，我要熨制服，擦皮鞋。可是，夜了，我很心急的要完成工作，但那對鞋，就是擦得不好，不夠亮麗。明天我要榮升團隊長，是隊長中的隊長，童軍支部中的最高榮譽，在接受這榮譽時，我要自己的制服是全團中最筆直，皮鞋是全團中最亮麗的，但現在總是弄得不夠滿意，所以有點生氣，喃喃地埋怨道：

「這對鞋真麻煩，橫擦豎擦，左擦右擦，總擦不好。」

媽媽聽見，笑着對我說：「輝仔，把它當作你的心肝寶貝，全心全意地、用充滿喜悅和愛護的心去對待它，它會自己發出光亮。」我半信半疑地再拾起皮鞋，果然，我一給予耐性，開開心心地去做，皮鞋很快地便給我擦得光潔亮麗，黑漆奪目，如鏡子般清清楚楚地顯現我的五官。

當天，我一完成所有訓練，立即跑回宿舍，將皮鞋搬到鏡子前。開始前，我先對着鏡子的自己說：

「高興要做，不高興也要做，我為什麼不高高興興地去做，將擦鞋的過程當作是訓練呢？」這叫做調節心態。

於是，我以滿心的歡喜愉悅，開開心心地拿出那十五雙鞋。這時，在我眼中，一雙雙皮鞋，不再是皮鞋，而是我最尊敬的長官，都是我心儀的偉大人物，拿起有關皮鞋，我會先敬個禮，稱呼一聲。

它們之中，有面試中給我機會、親自取錄我的老少校，我對它說：「少校！您好！多謝您破格取錄了我，我一定不會令您老人家失望，I promise, OK?」我站得筆直，對將軍的皮鞋敬禮說：「Thank you, Sir!」

有悉心教導我槍膛入彈的G Sir。「G Sir，您好髒呢！」我一邊說道，一邊拿起他的皮鞋當步槍般瞄準，把鞋面上的污穢「嗖」地擦掉。有訓練步操、用教鞭要我挺胸收腹沉肩墮肘的P Sir，擦他的鞋，我坐得腰板挺正，說：「P Sir，給您擦擦臉！」還學他下命令：「挺胸！收腹！沉肩！墮肘！擦！擦！擦！」

擦M Sir的鞋，我的動作特別迅速利落，因為M Sir正是攀高躍低身手敏捷一如猴子的教官也。「M Sir，您的屁股沾滿泥了！」真真鞋如其人。

擦有「水鬼水怪」之稱的W Sir的鞋，我還得故意揩多一點鞋油，呵多一口氣，落足水也。

除此之外，還有擅長逆境求生術的S Sir，有偵察軍情的大師D Sir……的鞋。又有這麼巧合？G for gun, P for parade, M for monkey, W for water, S for survivor, D for detectives，我真懷疑這些姓氏的真實性。

哈！你這小子，真有你的，聽你講故事也真有意思。咦，你懂英文？

在軍隊幾個月，狠下苦功，有點進步，更何況，我有高人指點呢！

誰？你找人補習？

你先別打岔，讓我說下去。

整個晚上，我小心翼翼地、愉快喜悅地擦鞋，沉醉在擦鞋樂趣中，不知時間的過去，通宵達旦，看看鏡中的自己，竟然一點疲態也沒有。

擦鞋，看似簡單，其實殊不容易。要塗油，擦；再塗油，再擦；還得一邊塗油，一邊擦擦，呵一口氣，又擦擦擦；有時要順時針方向、有時逆時針方向打圓圈擦；之後又要向上擦、向下擦；最後還得把自己的腳，套進鞋裏，提起腿，用擦鞋布來回左右磨擦，才能將皮鞋擦得光可鑑人，才能在鞋面上照出自己的八字眉。要達到這個效果，每對鞋要擦兩個小時。耗盡所有休息時間，分秒必爭，不眠不休，也得用上幾個晚上，才能完成任務。

少校親自來檢查，一絲不苟的：先照面，欣賞自己英氣的眉；再從地上撿來一條自己掉下來的白頭髮，放在皮鞋上，輕輕一吹，如果吹不走頭髮，便證明鞋油揩得不夠均勻，不合格；最後，更抓一把沙，灑在鞋上，鞋面要滑不留沙，他才肯接受。

「好！HK9771，你真行！」教官不但收貨，還表示稱讚，我開心得敬禮致謝：「Thank you! Sir!」一出教官房門外，便忍不住高高地跳了起來：「Yeah!」

從此，我又被叫做「擦鞋仔」！

交還皮鞋三天後的一個晚上，少校命人把我叫去，我在他房中逗留了一小時。

你糟了，少校召喚新丁小兵，必無好事。

你錯了，他太欣賞我的擦鞋工夫，他在第二天要出席重大儀式，所以召我去替他擦亮皮鞋。我已工多藝熟，那次擦鞋只用了一小時。

且慢，少校是英國人，他不是說英語麼？

是，他說地道的標準英語，跟我以前老師說的不同。

你倒幽默。會考零蛋的你，聽得懂麼？

聽不懂時，搖搖頭，指指耳，擺擺手，引他手指腳劃，重複再說。

這以後，我替他擦鞋，他教我英語。

這可叫做因禍得福？

所以說，事情是好是壞，命運中是福是禍，許多時是自己決定的。做人做事思想過於偏激，老鑽牛角尖，老想別人的不對、世界的不平，結果只為自己埋下陷阱，一定出事。

五　不准笑！

今天，十三日，星期五，多事的一天！

大清早，便發生了放屁事件。

放屁？沒啥大不了！

對，放屁，在軍營。是生活的一部分。

屁，有響的、有無聲的：有臭的、有不臭的；有站着放的，有坐着放的；誇張點有翹起屁股放的，更誇張的是抬起一條腿放的；正常的是在下面放的，不正常的是在嘴裏放的。

嘴裏放的？你倒幽默！誰可以嘴裏放屁？

罵人說話不通、不合情理的用語是什麼？

放屁！

就是嘛！你沒有看過最近一篇有關放屁的報道？報道說英國警察辦案放屁被投訴，蘇格蘭場內部紀律小組將事件列為「襲擊及不文明舉動」處理。

我知道，蘇格蘭場，即倫敦警察廳，有關的十二位警員還要休假一天接受問話呢！真荒謬！倫敦警察廳沒事做嗎？

如果放屁也要接受紀律調查和處分，那麼，軍部每個人都要成為調查和處分的對象，因為放屁在軍隊中，是一種文化，放屁是正常，不放屁或者放不出屁是病態。

今天的問題在，屁，放得實在太巧合；太奇怪了，就好像是預謀，是陰謀。

放屁陰謀論？簡直放屁！

早課，教官訓話：「軍隊講服從，服從長官、服從命令……」

「咘！」嘹亮清晰的響屁聲，忽然傳來，教官見怪不怪，繼續說下去：「見到長官，一定要舉手行敬禮……」

「咘——咘！」嘹亮清晰的屁聲，一長一短響起，官並不怪責，又繼續說下去：

「制服要整潔，有一條頭髮、一粒頭皮屑、甚至是一粒塵，也要懲罰……」

「咪！咪！咪——咪！」這次二短一長再一短，短的嘹亮，長的清晰悠揚，準確地在「罰」字後面響起，好像諷刺地說：「放、放、放——屁！」

每一個訓示配些「咪」，實在太湊巧，太有意思了，我強忍着笑，但是，我實在忍不住了：最後「咭」的一聲笑了出來。教官一雙眼睛，像兩粒子彈般，向我射來：

「不准笑！」或者他有氣沒處放，正想找人出氣，見我發傻勁，還不乘機發難？他質問我道：「有什麼好笑？」

「No, Sir!」我當然無話可說，可恨的仍然不能停止發笑。

「散隊後，站在鏡前笑九十分鐘，每隔三分鐘，便要發出笑聲！」教官下令道。

唉，以前在學校，最平常的是罰在課室門外站立，最奇怪的是罰金雞獨立或坐無形凳，最殘酷是罰在操場暴曬，哪會罰笑，還要每隔三分鐘發出笑聲？我寧願教官罰我抄一萬個「咪！」字，甚至一千句：「服從長官，舉手敬禮」或者「長官訓話時不准發笑」等。我站在鏡前看着鏡子中的自己，哭笑難分！

心念一轉，心生一計：「橫豎被罰笑，就開開心心地笑吧！」

OK，以下笑笑歌，點給小旋，祝她永遠笑口常開。

「世界真細笑笑笑，笑得更奇妙，實在真係細世界，嬌小而妙笑。」

「人人常歡笑，不要眼淚掉，時時懷希望，哈哈出聲笑！」

唱完歌，便為她祈禱，跟她說話，剛好用了十五分鐘，到時間要笑了，便放聲開懷大笑一頓，然後再點唱給媽媽、爸爸、哥哥、還有姊姊，每人十五分鐘，剛好七十五分鐘，最後一節時間，是跟心愛的自己談心，一個半小時，一眨眼便過去了，過得既充實又開心。路過的人看見都搖頭說：「果然是傻小子，看他，一股傻勁兒！」

告訴你，整個軍營是個放屁樂園。放屁，差不多是每個軍人的習慣，早放、午放、晚放，隨時放，隨便放，沒有人會取笑你、阻止你，放屁的人也不會覺得尷尬。在集訓中，你要全神貫注聽候指示，聽候命令，不可隨便談話隨便笑，至於放屁，則絕對自由，上下級平等。

軍隊，是一個最尊重放屁的團體，所以教官能夠若無其事地聽屁聲，萬想不到的是，我卻因屁遭殃，被罰站在鏡子前傻笑。

鏡子在哪裏？其他人可見到你的樣子？

軍營中，每個房中都有一面全身鏡，用來檢查制服用的。

那還好，如果在走廊，人來人往，不被人嘲笑才怪！

好不了那裏，我被罰在教官房中的全身鏡前笑，門是打開着的，窗子也是打開着的，軍營中人來人往，都愛來瞧瞧我的滑稽相，尤其是同年考入軍隊的小伙子。

你還沒有告訴我為什麼軍部的人是放屁王，你們都身壯力健，怎會消化不良？

這可得由軍隊生活說起。

軍中生活很英國式，早午晚三餐，早餐通常是雞蛋加火腿、煙肉配蕃茄、焗豆；午餐是薯條、炸薯仔、炸魚之類；晚餐主菜是肉類，又是配些薯仔。正餐之間，還有三次茶點時間，每天至少三杯茶或咖啡。這種生活方式，教我們在衝刺過後，暫時停下來，補充體力，抖擻精神，再接受挑戰。

我還是不明白，這和放屁有什麼關係？

你想想，豆、薯仔和糖，都容易在人體內產生氣體，加上訓練方式太嚴苛的關係，每個人都精神緊張，壓力大，造成消化不良，容易在體內積聚廢氣，所以人人都有腸氣，都有屁要放，不會臉紅，有些甚至肆無忌憚，抬起一條腿來放屁呢！

九十分鐘，一分也不差，教官來到：「檢查自己的軍服，沒問題便可離開。」

「Yes, Sir!」在鏡中看了一遍，我蠻有信心地回答：「OK, Sir!」

「OK？這是什麼？」教官指着領上一小條黑線問道。

「頭髮，Sir，只有一厘米長。」

「一厘米，就不是頭髮？」

「Yes, Sir!」我只好承認。

「這又是什麼？」教官指着衣膊上一小粒白點問道。

「我沒有頭皮屑的，Sir！」我最注意頭髮衛生，絕不會讓頭皮屑出現，我又蠻有信心地回答。

「我不是說過嗎，制服上……」

「有一條頭髮、一粒頭皮屑、甚至是一粒塵，也要罰，Sir！」我機靈地接着說。

「個人衛生不合格，罰洗刷A營洗手間。」

「你好挑剔，Sir！」我不服氣，大膽頂撞。

「我言出必行！」教官瞪着我，眼珠一轉，嘴角一牽，又說：「跟長官辯駁，罪加一等！加罰洗刷BC營洗手間，凌晨三時至五時執行，連續三天，每天清洗一營。」

殘忍的教官，斬了我下馬，還再戮一刀！

哼！這算是什麼長官，簡直虐待！我真替你不值！

當時，我也是這麼想，好不容易才過了一關，又面臨第二關！還一罰變三罰，更要凌晨三時爬起牀來執行，簡直收買人命！我覺得很疲倦，開始生氣。

照着鏡子，看着自己，想過：我還可以想些什麼、做些什麼安慰自己？洗廁所呢，難道刷一通馬桶，叫一聲「媽」？越想越氣憤，把廁所擦用力向鏡子擲去，「叭」的一聲，在自己的臉上撻上了點點黑痣、啡斑、黃印。「死臭！」

唉，一桶又一桶冷水，軍旅生涯不容易！我開始有點洩氣！

你的阿Q精神哪裏去了？

六　小隊煞星

我的小隊中，有我、DJ、檸檬、油條、熱狗和薯仔。

DJ為人單純，愛說話，優點是英文好，聽從命令、效率高，又不會事事計較；熱狗一腔熱誠，可惜比較衝動，優點是勇往直前，有幹勁；檸檬為人小器，嫉忌心較重，優點是反應敏捷，有想像力；油條身材高挑瘦削，動作慢吞吞，愛躲懶，優點是做事謹慎，分析力強；薯仔人如其名，就是「薯仔」，腦筋比較遲鈍，出的主意不合用的多，優點是老實、不欺詐，做後勤工作最可靠。小隊中，DJ是隊長，熱狗是副隊長。

你這麼有志氣，有體能，又有技能，為什麼不是隊長？

你忘記了嗎，我會考零蛋……

對，你的英文只有 yes, no, I, you……

還有，初入伍時笑話百出，被叫做「傻小子」呢！時機未成熟，不要強求，正所謂追得到也未必好。

難得你這麼隨緣，阿彌陀佛！

七月的的某一天，烈日當空，藍天白雲，碧海無波，如果不告訴你，你絕不會想到，天文台已懸掛起一號戒備訊號，在低氣壓的悶熱空氣中，氣温高達三十三度，揹着三十磅重的行軍背囊，上山下山，汗流浹背，體力極度透支，實在辛苦。

我心中想着小旋：想到女孩子多數想見到男朋友雄糾糾的樣子時，我便會精神一振，挺起胸膛，大踏步向前，還不斷對自己說：我做得到！

還小旋？已經這麼多年了……

DJ是隊長，領先在前；熱狗是副隊長，本應在最後面，但因為油條步伐太慢吞吞了，跟在他後面很辛苦，加上想起飯後要實習隱形戰術的事，熱狗便跑上前去和DJ商量，吩咐油條跟在最後面，只要DJ接受，作為副隊長的熱狗絕對可以這樣下令。

前面是一個小峭壁，前無去路，要攀過峭壁，才能夠和大隊集合。峭壁下，DJ和熱狗停了腳步，回過頭來，才發覺不見了油條蹤影。

「油條，你在哪裏？」DJ大聲呼叫。

「油條，你在哪裏？」我們也同聲呼喊，喊聲在山谷中迴轉，就是沒有油條的回應。

喂，你們不是要實習隱形戰術麼？這樣一叫喊，什麼敵軍都給叫出來啦！

你說得對，一呼喊，我便覺得不妥當，立即叫大家停止呼叫。事後，我們也得要為這個疏忽付出代價！

「我去找他！」是熱狗命令他走在最後的，現在油條失蹤，熱狗當然變了熱鍋上的螞蟻。

「Panda，薯仔，你們去找，十五分鐘內回來報到。」DJ要和熱狗討論下一個任務，命令我們去搜索「失蹤隊友」。

我和薯仔各自揹着數十磅行軍物資，原路回去找油條。大家本已疲乏不堪，但行軍的事，意外迭出，不會因應你的身體和精神狀況而調節。

「油條不會出事吧？」薯仔擔心地問道。

「很難說，一連三個晚上，他都偷偷地在被窩中看漫畫和玩遊戲機，沒有好好休息，所以今天精神不濟，一路上無精打采。」

「油條！油條！油條！」薯仔，邊走又一邊叫喊。

「如果在戰場，你這樣一吵，不被敵軍發現才怪。」我阻止薯仔再叫嚷。

「那我們該怎麼辦？」薯仔焦急地問。

熱狗是十五分鐘前吩咐油條殿後的，沿這條路走，十五分鐘後的地方可以不加理會。」

「油條不會向後溜麼？」薯仔說。

「應該不會，目的地在前方，向後溜不合情理。油條雖然動作慢吞吞，但不會臨陣退縮的。做軍人臨陣退縮是大罪，懲罰是坐牢呢！」

「那我們以雙倍的速度在原路上跑七分鐘，到達熱狗吩咐油條殿後的地方，然後回過頭來沿路搜索。」薯仔建議道。

哈！薯仔認真「薯嘍」，油條不可能一開始便失蹤的。

說得好，不到五分鐘，我們已在小徑上發現幾個泥巴腳印，由小徑轉上一處小草坡地。

油條是被俘虜了嗎？

薯仔的第一個反應跟你一樣，事實卻是奇怪得出人意料之外。柔軟的草坡地上正躺着油條修長的身軀，大字形躺着，好像失了知覺，背囊倒在一旁，食物散了一地。

「油條遇襲！」薯仔驚叫道。

我機警地察看四周，沒有發現任何人影。我跪在油條身旁，用力一推，油條「霍」的站起來，見是我們，才鬆了一口氣。

「喂，你在這裏幹什麼？」

「我實在太疲倦了，想打瞌睡三分鐘，再去追上你們。」

「結果呢？熟睡如死，失了影蹤，我們還以為你出了事！」我沒好氣地說。

「你的背囊倒在一旁，食物散了一地，你遇劫麼？」薯仔問。

「哎唷！怎麼搞的？誰開這麼大的玩笑？」油條驚惶地喊叫。

我再仔細查看四周，不禁心中暗笑，油條的確遇劫了，但是，劫掠他的可卻是雄踞山頭，出沒無常，身手敏捷，教人奈何不得的山賊——野猴！我從泥地上的腳印和食物包被撕開的痕跡來看，肯定是猴子幹的好事。這一帶，是野猴出沒的地方；而最可疑的是，油條背囊中的果仁和水果，通通不翼而飛！試想想，在香港山頭，還有哪種動物，比猴子更愛果仁和水果呢？

「走吧！我們還得追上大隊呢！」我一邊協助油條收拾殘餘物品，一邊催促他說。

忽然，我覺得腦上生風，隨即眼角瞥見一團黑影，向我們迅速飛來，我來不及呼叫，一手一個，扯着油條和薯仔飛身撲倒地上，抬頭一看，發現樹上安坐着一隻猢猻，竟然正向我們咧嘴而笑。

「死猴子！竟敢公然挑釁！」我站起來向空中揮拳，悻悻然向牠們罵道。

「不知死活，竟敢老虎頭上動土！」薯仔也跟我一樣，空中揮拳，向野猴示威。

「哎！我的罐頭呀！」油條叫道，急不及待彎腰要抬起他的罐頭，就在這時，「嗖」的一響，又有一團黑影，火速向油條飛去。

「油……」我的「條」字還未出口，油條已經「屁股」中彈，「唷」的一聲慘叫之後，跳着摸着臀部呼痛。

野猴取了罐頭，卻不懂開啟，於是一罐一罐地擲來，襲擊我們，這是我們小隊的食物啊，油條冒着再被擊中的危險，也得撿回來！只是，我們沒有時間再跟猴羣糾纏去了，接了幾罐，便倉惶離去。撤退之前，我拾起地上一塊石頭，「嗖」的出手，向樹上的那一隻坐在最前面，貌似沾沾自喜的傢伙擲去，好傢伙！身手倒敏捷，一抄手，接過飛來的石子，「嗖」的回敬過來，我矮身避過，不幸地，石子卻擊中站在我背後的油條的額頭上！

「哎唷！唷！哎哎唷！」油條連聲慘叫，叫聲淒厲，響徹山頭，惹得我和薯仔哈哈的笑，野猴們也在樹上搔頭抓耳興奮地跳，呱呱地叫。

可憐的油條，額頭立刻腫起了一個小丘。

對不起，油條，戰爭，是殘酷的。

油條，你今次掛彩，或者有助你向大家交代失蹤事件吧。

一路上，我們沒命地跑，要趕上大隊，我們比原定集合時間遲了許多，其他小隊已經走遠了，我們一隊還得翻過峭壁，才能夠和他們會合。

峭壁下，DJ和熱狗早已和其他隊員在石壁上錘下了攀石釘，繫了繩索，檸檬正在把背囊物資吊上去，我們一到達，也立即進行攀石，油條睡眠不足，又被罐頭石頭擊中，整個人顯得倦慵慵，手軟腳軟的。

「油條，你用點力氣向上攀爬好嗎？不要依賴我們拉你上來！」熱狗在崖上喊道，唉！機密行藏又一次洩露。

油條沒有準備好自己接受挑戰，大家已經很辛苦了，還得合力負責照顧一個因戰受傷的伙伴，所以都有點埋怨，覺得他是個負累，但時間實在急迫，也不能有所計較了，大家只好合力將油條扯上峭壁上。只是，這件事，使大家對油條心生不滿。

結果，我們遲到了二十分鐘，其他小隊早就全隊候命。教官面色陰沉，所有人噤若寒蟬，我們則情緒低落，神情呆滯，延誤軍情二十分鐘，如果在真的戰場上，足已令全軍覆沒！

油條今次闖的禍可大了。

都是漫畫書和遊戲機累事！

不！是自我紀律的問題。

結果怎樣？

全隊人被罰做伏地挺身。

哦，即掌上壓嗎？

對，還是廣東話簡潔傳神。在戰場上大聲呼喚同伴，洩露我軍行蹤，罰掌上壓五百次，遲到二十分鐘，加罰五百次，油條表現欠紀律，再加罰五百。即時執行。

嘩！一千五百次掌上壓，做完全身都疼痛死了。

更好的戲還在後頭呢！

眾目睽睽下，鴉雀無聲中，我們齊齊俯伏地上，空中烈日，肆無忌憚地罩着我們，狠狠地在我們背上揮動熾熱的火鞭。我們的手掌放在炙熱的沙地上，掌上壓變成酷刑，做得大家痛苦萬分。做到七百次時，油條開始默默流淚了，淚水混和着汗水，模糊混成一片，流在油條紅彤彤的臉上，看得旁觀者於心不忍。

你們沒有人代油條求情麼？

求情？求什麼情？他咎由自取，死不足惜，我們白陪他受罪才是！檸檬已暗中計劃報復呢！

好啊！真箇有好戲看了！

飯後，練習叢林行軍，隱形戰術。

教官要求我們利用周圍的東西，偽裝全身，使在叢林中行軍而不被發覺。

「這裏是灌木林，多的是小葉和芒草，是最好的偽裝工具，我們分頭去找小樹枝和芒草，插滿全身。」DJ吩咐道。

大家都依計行事，只有油條，不知為什麼，溜到比較遠處採摘芭蕉葉子，大片大片往身上掛。

「喂，油條，你掛錯樹葉吧？」我雖然參軍日子尚淺，但仍然心生疑惑。

「沒所謂啦，反正我們身穿幻彩軍衣，只要用綠色葉子往身上掛，便叫作偽裝成功了。」油條理直氣壯地辯説。

「但我覺得你的裝扮很兀突，和周圍的環境不協調呢。」我説。

「嘿，你不要理會，今次我比你們都快，看，只摘幾片大葉子，便蓋了全身。」油條有點沾沾自喜，以為上一回合遲了，這個回合拿個頭彩。

時間到了，DJ下令小隊在叢林中向前推進，我也不再和他糾纏下去。

就在這時候，頭上小型戰機隆隆響，無情的顏色子彈不斷向我們小隊射來，我們整隊人，走向東，戰機跟着去東，走向西，戰機又跟着去西，總是躲不了，藏不住似的，沒多久，油條全身蜂巢式中彈，在他鄰近的也全身「血跡斑斑」。如果用實彈，一定是肢分體裂，死無全屍了。我早知油條偽裝有問題，盡量遠離他，所以傷勢較輕。

集合訊號傳來，全體向教官報到，教官宣布我們小隊五人陣亡，一人受傷。

「沒道理，為什麼戰機只朝我們射彈？」熱狗忿忿不平地抗議。

教官把戰機上傳來的紅外線圖象顯示給我們看，我們只見一大片茂密的叢林中，幾片大葉子在跑來跑去，分外矚目，唉！敵人不向那處開槍才怪，大葉子成為攻擊目標，大葉子周圍的人還能倖免嗎?!

我們無話可說，誰叫我們小隊出現了一顆煞星？

今次刑罰是啥？

人肉風扇！

七　冷血軍營

什麼是人肉風扇？

風扇有什麼用，你知道的。

但我沒聽過什麼人肉風扇。

人肉風扇和風扇的用途一樣。

哎！你們做風扇？六座人肉風扇？

天文台掛起颱風一號戒備訊號，太陽，出奇的猛；山，出奇的熱。我們穿着全套標準軍服：長袖上衣長褲厚軍靴，早已汗流浹背，汗水在額上、背上、胸前、臀部、腿部流下來，浸濕了襪，一對軍靴，像踩過水般盛滿了水，行起路來吱吱有聲。天上，萬里無雲，大地無風，炙熱火紅的太陽，依戀山頭，遲遲不肯下山，在辛苦行軍，痛苦受罰的我們頭上、身上，插上萬支金黃熾熱的箭。

我們被罰做人肉風扇。其他小隊在野外煮食，預備晚餐的時候，我們要拿着從油條身上拔下來的芭蕉葉，每人站在一小隊後面，為他們搧涼。人家在樹下吃飯時，我們又得爬在樹上，從上而下為大家搧風，直至他們吃完飯為止。DJ、熱狗、檸檬早已氣得緊抿着嘴，兩眼冒火；薯仔辛苦得兩眼湧現淚光；油條一直垂下頭來，不敢看其他人。

我不是超人，當然也覺得辛苦，覺得無辜，但我生性樂觀，心中時常有一把聲音對自己說：「Panda，軍人的天職就是服從，這是考驗，不要動氣。做忍者龜，忍者小靈精，忍！忍！忍！忍！忍！」

這樣的刑罰，虧得你們的教官想得出來！

戰陣上，什麼事都有可能發生，做軍人要膽大、心細、面皮厚，更要想像力豐富。

站在地上做人肉風扇還不夠？還要做吊扇？

不罰你做鴻運扇已經很好了。

我知道鴻運扇，但人肉鴻運扇是怎樣做法？

跪在地上搧風，上下手臂左右三百六十度旋轉，送出三百六十度的涼風。

天！你們是血肉之軀，拿的不是扇子，是芭蕉葉啊！

如果油條肯振作，我們便不用再成為靶子了。

什麼？受罰的故事還未終結？

陸續有來，最後演變成人肉沙包事件。

有趣，先是人肉風扇，現在是人肉沙包，真箇軍中故事一籮籮，聽得人好興奮，真有你的。快！快說下去！

飯後，教官宣布今天訓練告一段落，吩咐各小隊點算物資，向他報告。如無問題，大隊便可以回營休息。

又出事了？

點算的結果，我們犯了「胡亂丟棄軍用物資罪」。

不！你們被劫軍糧才是。

在沒可能的情況下，我們遺失了部分軍糧，跟胡亂丟棄沒有兩樣。

但是，油條負責的食物真的是被野猴劫去嘛。

這些不成理由的理由，只會引來別人的嘲笑吧。我們只好怪自己。

今次刑罰是啥？

四角營柱——徹夜當更，在軍營四個角落站崗，每角落一個人，大閘口由熱狗把守，高台守衛由DJ負責。每更一小時，調換守崗位置，移形換影。

你們可以站着小睡麼？

你倒說得容易，每個崗位有紅外線閉路電視監視着，一舉一動全被攝錄，你敢！

閉目養神可以吧？

站崗就是執行守衛工作，閉起眼睛怎樣守衛？

雙眼閉目不可，輪流單眼休息可以吧？

開玩笑！本來區區一晚，我們捱得來的，只是……

又發生了意外？

站崗當更，才十五分鐘，油條已經顯得很不耐煩，左搖右擺，左腳夾右腳，右腳纏左腳。

人有三急？

急？

哼！我們看着他，先是單腳跪下，然後漸漸雙腳坐跌，再忽然伸直雙腳，不到半分鐘，更乾脆整個人倒下去，直刺刺地躺着。我們遠遠看着，就像電影上的慢鏡頭——倒了……倒了……整個人倒下去了！我們又氣又急，但又不能擅離崗位或大聲呼喊，對這不長進的傢伙，只能自己氣得胸肺迸裂，對他卻是無可奈何。

軍隊講團隊精神，一人表現不好，全隊受罰。

我們整隊，在早上集會時被教官們輪流用粗言穢語臭罵，長達一百三十六個字的粗言句子，你聽過嗎？

說來聽聽。

簡直叫人歎為觀止。

說來聽聽嘛。

那些粗言穢語，匪夷所思，匪夷所聞。

喂，我叫你說來聽聽。

那些粗言穢語，說來音調鏗鏘，抑揚有致。

嘩！那更要說來聽聽不可！

那些粗言穢語，奇特得使我這個在木屋區長大，Band 5學校出身，被粗口口水浸大的人也瞠目結舌，連什麼反應都做不出來，心裏只能夠「哇」、「哇」的直叫。

你到底說不說來聽聽？

說不出口。

算了！那麼，你們不覺得面目無光嗎？

在軍隊這段日子，最用得着的座右銘就是「不要面子」，「用自尊來掃地」。想想看、一隻蟑螂，被人拍扁了，踩在地上，再被腳大力踩踏踐開，體無完肢，肢無完膚——這片不是東西的東西——就是自己。

好嘔心！

心理訓練，情緒智商，也是軍事訓練之一環。

罵完後不用罰了吧？

你倒天真！今次罰洗刷全軍營的洗手間，直至做到教官滿意為止。

軍營的洗手間，也真夠別樹一幟，保證是見所未見的。

馬桶特別先進？

你以為進了六星級大酒店，如廁之後有自動暖水洗白白？

軍營的洗手間，是軍人的情緒發洩所，洗手間的牆壁，是軍中的民主牆，洗手間每寸可以寫上東西的地方都滿是士兵的「佳詞佳句」，寫盡心中情，罵盡所有人。

斗膽罵上級？不怕調查麼？

匿名的，上級軍官也視而不見，就讓大家發洩一下。飲了要小便，吃了要大便，氣吞多了也要洩洩，不然，氣頂心頭，天下大亂。

鏡子上、牆上、地上，甚至馬桶上，天花上，全是水筆、油筆、甚至油漆寫上的粗口字句，我們都要負責全部清除，還軍營洗手間一個清白，工作艱鉅可想而知！到這一刻，我們倒有點後悔自己平日手多技癢，在洗手間練多了字。

刷，刷，刷，尤其是天花上的，更要人命。

我們痛在手，瘦在腿，氣在心裏。

如果不是油條，我們不必被罰烈日下做掌上壓！

如果不是油條，我們不必被罰做人肉風扇，連飯也沒得吃！

如果不是油條，我們不必被罰守更站崗，沒得睡覺！

如果不是油條，我們不必被罰當眾受辱，父母姨媽姑姐全族人受侮，自覺連被拍扁了的蟑螂也不如！

如果不是油條，我們不必做洗手間清潔夫，洗得腰瘦背痛手疼腳軟！

一切都是因為他！報仇！要報仇！大家心中都這樣想。檸檬說他有絕世報復大計，叫我們走着瞧，熱狗聽得很興奮，連DJ和薯仔都磨拳擦掌叫好。

那天晚上，油條被窩中傳來啜泣聲，很娘娘腔，很窩囊，很好笑，但其實，也很是淒涼的。最初我以為是檸檬等人採取了報復行動，但事實上我們整天在一起，他們還沒有對油條做過任何事，油條到底哭什麼？

我太疲倦了，也懶得去理他，只是，一絲絲寂寞傷心的感覺油油然由心底湧起：自從參軍以來，日夜受訓，艱苦的練習、苛刻的刑罰、侮辱性的說話，無休無止，沒有見過家人，沒有約會過朋友，忽然，很懷念小旋、爸媽、中學校友、木屋區死黨，還有茶樓的蝦餃燒賣叉燒飽……在被窩內，我也眼眶濕濡，偷偷淌淚。

想起家，我整個人也「慈悲」起來：油條也是人家的兒子，要發生的都已發生了，而且我們也都熬過去。記得初入伍時，一位老兵曾經告訴我：「合理的事是訓練，不合理的事是磨練。」現在的一切，就當作磨練好了，最重要是能夠成就自己。

我覺得很疲倦，好想好想休假，回家走一趟。想不到的是，短短數月，家中也鬧得地翻天覆。

發生什麼事？

是你怎樣也猜不到的怪事。

八　從此沒有家？

三個月了，我已經整整三個月沒有回家，沒有和家人聯絡過。

我從來沒有離開過家，除了是參加童軍什麼三日二夜、四日三夜大露營。我享受在家的生活，習慣了爸爸的沉默，愛嘗媽媽燒的菜，喜嗅木屋區的味道。只是參軍三個月，軍旅生活實在太新鮮、太刺激，太充滿挑戰、充滿考驗，所以我才沒有時間去想別的事，包括家。明天是放假的日子，可以鬆口氣了，可以回家了，只是今夜，我卻輾轉反側，徹夜難眠。以前學校旅行、童軍遠足，我才會興奮得睡不着覺。現在，我只是放假回家罷了，為什麼會失眠，連我自己也不知道。

大清早，告別了長官，離開了軍營，乘車回家途中，我只感到內心忐忑，情緒有點緊張。爸媽可安好？哥哥去了留學，我進了軍營，爸媽相依為命，生活寂寞嗎？他們的關係比以前親密吧？

他們以前的關係是怎樣的？

住在一起，甚少說話，可說貌合神離。

唏！這有什麼奇怪，你問問讀者，他們的爸媽還不是一樣。

正所謂「無冤不成夫婦，無仇不成父子」哩。

咦？入了軍隊，不但英文進步，連中文也好了！

唉，他們不吵架，已算很好了。

看你語氣凝重，你的爸媽出了事麼？

媽媽鬧革命！

你媽媽一向溫婉嫻淑，不是革命黨人。

誰知道，她一鬧可大翻地覆，不可收拾。

你媽媽到底做了些什麼事？

媽媽一向是「順得人」，對我們說話輕軟溫柔，對爸爸的話言聽計從，可是，原來在她的內心深處，有一顆炸彈，有另一個自己，一個渴望自由自主的自己！

昨天下午，教官召集我們說：

「你們在軍營三個月了，想放假嗎？」

好哇！入營以來，終於聽到最有人情味、最温情的一句話！最合時宜的獎賞！

軍部通知我們可以出營渡假，還可以用電話的時候，我便第一時間搖了一個電話回家，通知媽媽我今天回去。在電話中的媽媽並沒讓我感到有半點異樣，反而是我自己，緊張得由那一刻開始倒數，倒數可以回家的時間。

今天是星期天，歸心似箭。

一踏進家門，便看見姐姐！我們因為家貧，爸媽沒有能力養育姐姐，所以姐姐出世之後，便跟姨母一起生活。現在，哥哥去了留學，我進了軍校，家中地方比較足夠，媽媽便接了姐姐回來居住。

我未來得及和姐姐歡聚姊弟之情，便發覺家中氣氛不尋常——媽媽鐵青着臉，背着爸爸坐着，爸爸則垂頭喪氣，像在哀求她什麼似的。咦，乾坤大挪移，角色易轉？在家中，從來是爸爸鐵青着臉，媽媽苦苦哀求的啊！

爸爸見我回來，像見到救星般，焦急地說：

「耀輝，你回來便好了，快來勸勸你媽媽。」

我十八丈金剛摸不着頭腦，爸爸媽媽轉了什麼性子？

「耀輝，你看。」原來媽媽手上拿着一封信，是房屋署寄來的：「好啊！上樓了！我們可以上樓了！」我歡欣若狂。等了許多年，我們終於可以離開木屋區，不用再受火災、風災、食水短缺等問題困擾，爸媽從此可以安安樂樂地生活。太好了！

「是，我們終於可以上樓了，但我要離婚，我不要再跟那人在一起！」媽媽冷冷地說。

「轟！」我的腦袋登時像中了旱天雷般，「轟！轟！」作響。沒可能的！「那人」，是我說故事時對爸爸的稱呼：《那人那家》、《那人那山》，表示一種隔膜，不甚理解的關係。現在怎麼輪到媽媽這樣說？

我們家境貧困，爸媽胼手胝足，合力維持這個家，二十多年的夫妻之情，怎可能一朝泯滅？

現在我和哥哥剛剛長大成人，正好是爸媽的收成期，為什麼媽媽要摧毀這美好的果實？

輪候了十年，政府要收回這個木屋區，建東區醫院，我們終於可以搬到建成高樓大廈般的屋邨去住了——還是一廳兩房的單位呢！媽媽為什麼要在此時上演一套跟爸爸離婚，使家庭破碎的鬧劇？

「媽媽，怎搞的？你和爸爸不是好端端的麼？」

以下的精彩對白，媽媽是大聲地、激動地說的，爸爸是小聲地、低着頭說的，不用我道明，你一定知道哪一句是哪個人說的：

「你問他，從來有沒有把我當是人？」

「你問她，我做錯了什麼？」

「你問他，從來有沒有尊重過我？」

「你問她，我哪一個月不準時交家用？」

「你問他，從來有沒有愛護過我？」

「你問她，我哪一天不回家吃飯？」
「你問他，從來有沒有送過禮物給我？」
「你問她，我可試過買任何東西給自己？」
「你問他，從來有沒有帶過我上街、上館子？」
「你問她，我每年可曾放過假？」

噢，老天！你問他……你問她……沒完沒了，媽媽說的，很有道理；爸爸說的，句句屬實。你叫我，這道理，怎麼評？這個結，怎麼解？說真的，我不知道。「你問他」時，我望着爸爸，到「你問她」時，我望着媽媽，我的頭，在他們兩人之間轉來轉去；我的眼睛，在他們兩人的眼睛上盯來盯去，看不到玄虛，解不開奧秘。他們的說話，表面看來，柴米油鹽，吃飯上街；但聽下去，又似乎很深奧，關乎什麼家庭倫理、夫婦之道的；我，我毫無經驗，夾在他們的「花槍」中，我能夠怎麼辦？我只覺得頭昏腦脹，苦惱萬分。

這時候，我真真寧願回軍營聽一段段的長篇粗言，做一隻被踩散了的蟑螂！我真不願意留在家中「欣賞」爸媽吵嚷離婚的鬧劇。

老天爺！救命！

媽媽一向的溫婉嫻淑忍耐，原來只是為了我和哥哥，能夠在有愛和健全的家庭中成長，她才忍受爸爸的冷漠和暴躁，現在，我和哥哥已經獨立了，已經離家生活了，她自由了，她體內沉睡但熾熱的火山在三個月前蠢動了！兩個月前復活了！一個月前小爆發了！一小時前來個大爆發了！她要回復自己的本來的性情，她要求過自己的生活了，不要再看爸爸的臉色過活，不要再俯仰由人！

我可以不支持她嗎？我可以阻止她去追求自己的理想嗎？

但，爸爸一向努力工作，無怨無悔地維持這個家，做子女的又怎可以讓他老年孤苦過活？

當你看到爸爸淒苦徬徨的樣子時，你又忍心嗎？

誰個子女不希望父母和和氣氣？

如果爸媽真的離異，我和哥哥、姊姊豈不是從此沒有家？

哼！從此沒有家？叫誰受得了！

「你們不許離婚！叫我從此沒有家，我受不了！」我動了真氣，大聲喝道。

「一起搬上樓，分開房間住，OK？」做了三個月軍人的人，說話果然很有點氣勢。

媽媽望着我，不再作聲。

爸爸苦苦地看着媽媽，像隻哈巴狗。

我成功了！媽媽終於答應仍然和爸爸一起，但有五大條件：

一、一人一房，各自不得擅進對方房間。（媽媽果然認真，配了鑰匙，出入鎖上房門。）

二、各自開餐，同住不同食。（結果他們是各自買菜、各自煮、獨自食，絕！）

三、每天女方先煮食，女方用完了廚房，男方才可以進去，用廚房者要負責善後清潔。（規矩比二房東嚴厲，媽媽好厲害。）

四、男方負責交租和水電雜費。（爸爸為求仍然和媽媽一起，義無反顧地答應負責她的生活費，可惜媽媽總不肯接受爸爸的一片苦心而讓步。）

五、不得故意和對方説話，企圖接近對方。（語氣好像耍花槍，但結果，這麼多年來，他們真的沒有再交談！奈何！）

吵吵鬧鬧，離婚事件終告一段落。最無辜的是姊姊，這許多年來，她都沒能夠享受到真正健全的、温暖的家庭生活，她在離開父母的日子中長大，現在回家了，又要在父母離異的陰影下惶恐度日，我真替她難過！

爸爸，媽媽，您們知道嗎？父母和氣，家庭完整，我們才可以開心快樂過日子，才能夠無所牽掛地在外奮鬥。

我們都希望，在搬進新居時，爸爸守得雲開再見月明，媽媽回心轉意愛顧老伴，我們至親至愛的爸媽，能夠還我們一個完整的家！

九　營燈一滅

放假完畢，回到軍營，心情壞透。放假回家，不但媽媽的小菜吃不到，連茶樓的蝦餃叉燒包也沒機會吃，嘗到的盡是媽媽的辣醬、爸爸的苦茶和自己的心酸湯。

家中炮彈橫飛，充滿火藥味，我再留下去，也真不知道可以做些什麼，還是早早躲回軍營去。我忽然領悟，火熱的戰場、嚴苛的鍛煉，才是使人遠離莫名煩惱的最佳方法。

想當初，渴望回家，享受舒適溫馨，卻落得無窮煩惱。

看現在，逃回軍營，再臨拚搏挑戰，但樂得還我清靜。

蹲坐在長廊的盡頭，我垂頭苦笑，心情鬱結難抒，說實在的，誰可以在面對父母離異，家庭破碎之際，還能開心快樂起來？

百無聊賴，返回房中，一進門，便看到鏡中一個愁眉苦臉，眼布紅絲的小子，我心想：「這算什麼？父母的事，哪裏是我解決得來的？我為什麼要為不是因我而起，而又非我能解決的事愁苦？」

我對自己說：

「算了吧，Panda，你又不是上帝，管不了這麼多事。」

我垂下頭來，在鏡前雙手合十，誠心禱告：

「天父，爸媽的事，交給你吧，求你幫助我堅強的面對一切困難挑戰，完成對我的訓練，造就自己，其他的事，麻煩你了，你法力無邊嘛，阿門。」

我相信主，是在中二那一年，事情發生在長洲集訓營。

我讀書不成，上學只為了上體育課和參加運動比賽，中二那一年的寒假，學校長跑隊到長洲集訓，我去時雀躍，走時沮喪。

我的膝蓋，因運動過度，軟骨早已勞損，許多時在運動中，尤其是長跑練習和比賽中，膝蓋會不爭氣地隱隱作痛。看，像今次長洲集訓，痛又來騷擾我了，叫我心緒不寧。我塗盡藥酒，做盡按摩，都不見好轉，我沒有辦法，只有在心中暗暗祈禱，請求無所不在、無所不能、仁慈的天父助我度過難關，讓我復原，不要叫我有事。

在一個上午，我祈禱了三次，懇求了天父三次，但膝蓋仍然作怪，不停叫痛。我很氣惱，也很不服氣，悻悻然地說：

「你要我痛，不讓我跑，好，如果你在十步之內叫我跪下來，我便相信你。」

說完，我還先冷靜地做熱身運動，然後開步跑：

「一、二、三、四……」

我邊跑邊算，第四步，是第四步，我才抬腿跑第四步，膝蓋驟然劇痛，「噗」的一聲，我跪跌地上，站不起來，在要跌倒之前，我還竭力掙扎，努力要站穩，不讓自己跌下去，我和天父賭氣，我不能輸給祂，我在心中聲嘶力竭地呼喊：「不！我不能讓自己跌倒，我不要跌倒！」但我發覺，自己全身根本使不出力氣，小腿以下更似乎完全失去知覺！我跪跌在地上，我不忿又害怕，痛苦的眼淚，和痛苦的汗珠汩汩淌下。從那一刻開始，我不再懷疑上主。

所以，以後遇到困難，你便祈禱？

是，祈禱是我平復情緒，撫慰心靈的方法。

你是軍人呢，為什麼會依靠神靈？

人的力量有限，總得有些方法幫助自己度過難關。

阿彌陀佛，阿門！

「喂，Panda。」

當我正在沉浸在煩惱現在，緬懷過去之中，有人拍了我肩膊一下，轉過頭去，看見檸檬和熱狗，他們神情興奮，熱狗鬼鬼祟祟地在我耳邊說：

「我們今晚開至激至勁開心派對，可有興趣參加？」

我正為爸媽的事煩苦難當，實在需要發洩發洩，便不假思索地答應：「有興趣之至，要夠瘋狂，盡情發洩！」

「好，一言為定，營燈一滅，人肉沙包。」檸檬悄聲說。

「什麼也好，讓我發狂。」我隨口應道，哪有細心想過？

鏡子中，出現三隻青面獠牙、狂態畢露的魔鬼。

不對，你不是說過，把一切交給天父麼，還說什麼發洩、發狂？

我只不過是個平凡的、熱血的青年，壞情緒可不是說要平復便立即平復的。

也真算油條倒霉。

原來他們的「至激至勁開心派對」，是衝正油條而來的！

大熱暑天，酷熱難當，營中各人，心火暴升；加上訓練艱苦，大家被油條連累受罰，火上加油，演變成三級怒火；我呢，被家庭問題弄得一頭煙，怒火加濃煙，還說什麼冷靜與理智？一聽到檸檬和熱狗的提議，還不舉腳贊成？我甚至建議，將派對的名稱改為：

「至激至勁瘋狂開心樂園，yeah yeah boom boom霹靂派對」

口號是：「營燈一滅，人肉沙包。打！」

嘩！「營燈一滅，人肉沙包。打！」好像反清復明暗號！

不錯，的確是集體行動的暗號。

目標就是油條？

是，可憐的油條。

「人肉沙包」是什麼玩意？

這是軍中暴力，我不便多說，免得教壞讀者。

你是理想型、理智型的人，竟然也參與？

算他倒霉，這事在我最失理智時發生，事後我也真後悔。

你們到底對他做了什麼？

沒有什麼，只是使他變了豬頭。

他看不見是你們做的麼？

我們動作敏捷，行事乾淨利落，別忘了，我們是兵呢！

幸好你們沒去做賊。

不過，這樣有失理智的事，真的不應該、也再沒有發生了。暴力始終不是解決問題的方法，直到現在，想起這件事，我還是覺得慚愧、內咎，因為，我參與以眾欺寡，乘對方不備，兼且趁黑夜下手的不勇不義行動。

油條有沒有投訴，要求徹查？

控告誰？

當天晚上，我以為油條又會在被窩裏偷偷痛哭，可是，無論我怎樣豎起耳朵，都聽不到油條的哭聲。

你們闖大禍了，弄出人命了！

閉你的烏鴉嘴！

黑暗中。我見他瑟縮在被窩中，偶然翻翻身，我肯定他沒有死，但奇怪，他為什麼不哭？數天前，他不是躲在被窩中啜泣麼？我還覺得他太娘娘腔呢！今天，他受了這樣的「酷刑」，慘被如此虐待，他應該知道是誰，但又不敢確定是誰，有冤訴不得，他竟然可以不哭個痛快？人性可真複雜，我實在不明白。

第二天，五時，鈴聲大作，廣播響起，全營人三分鐘後到教場集合。

喂，等等，你說三分鐘？

是，三分鐘，梳洗裝扮、穿着整齊、整理好牀鋪、被子摺疊得見到四角，像塊豆腐乾。

三分鐘？連上洗手間的時間也不夠呢！沒可能！

軍事訓練的好處，就是令你做到平日做不到，和以為沒可能做到的事。

天邊吐白，晨光曦微，大家極迅速而有秩序地完成要求，在教場集合，只見油條額腫面腫，面頰瘀黑了好幾處，一隻眼蓋也腫了，不是哭腫的，是被打腫的。

教官果然是教官，我們才一列隊，他們已經發現異樣。

「HK9413，誰幹的？」教官問，有點憤怒。

大事不妙，我們屏息等待，今回一定九死不生了。

「No, Sir!」油條的聲音響徹教場。

「混賬，什麼no sir，說，誰幹的？」教官不肯罷休。

「沒人幹的，我自己撞到的，Sir！」

「前後左右都撞腫了？」教官觀察力果然厲害！

「是，先跌倒在地上，轉了一圈，360度碰撞，前後左右都撞腫了，Sir！」油條不

假思索地回答，引得其他人強憋着笑。

教官沒好氣，只好作罷。

我聽得垂下頭來，慚愧悔疚，腦中有無數個為什麼。

油條編謊話，為什麼？

他根本知道發生什麼事，為什麼不說出來？

那天，他也被罰，也疲累不堪，為什麼他就沒生氣？

他被我們欺凌，為什麼還要為我們隱瞞？

其實他的瘀腫，就是證據，只要他說出發生什麼事，其餘的教官們會去查，為什麼他不說？

或者他沒有真憑實據吶。

或者是他自己闖的禍。

又或者他害怕你們呢。這種被欺負也不敢揚聲的情況，學校裏也常發生哩。

豬頭的油條模樣，似曾相識，我在哪兒見過？我暗暗在自己的回憶庫中搜索。

對！豬頭哥哥！哥哥的「豬欄事故」。

那一年，那一天，長跑隊在山上練跑，哥哥和我一直維持相同的速度，在走下最後一個斜坡的時候，我想證明自己跑得比哥哥快，於是在一個下梯級的彎位內突然加速，由於梯級的彎位太窄，我一加速，不自覺要將腿提起，向外一翹，哥哥不提防我會在那個時候，在那個地方，出現這樣的動作，加上當時根本沒有地方閃避，結果被我的腳絆倒，滾下斜坡，滾下石級，跌進一個豬欄中，躺在肥豬媽媽身旁，小豬們被嚇得向欄邊擠，大豬公正自鼻上噴氣，作勢要撞過去。我急忙跳進豬欄中，把身體擋在哥哥和豬公之間，同時拉起哥哥。

老天！只見哥哥撞得額腫面腫面頰瘀紅了好幾處，一隻眼蓋也撞腫了！

正在鼻上噴氣的大豬公，或許從未見過這樣腫的怪物，反而向後退了一步，我乘機拉了哥哥爬上石級逃命。

哥哥下跌時，我清清楚楚看見他360度碰撞，前碰後撞，左碰右撞，轉了整整一圈，然後才停止下來的。

「媽媽和同學問起來，說是我自己跌倒的。」哥哥吩咐道。我感動得不知說些什麼，哥哥一心維護我的面子和名聲，不想媽媽責怪我，更不想別人知道我求勝心切，姿勢錯誤。虧我逃走時還取笑他：「人家飛哥跌落坑渠？哥哥你卻跌落豬欄！」

油條的隱瞞，正像當年哥哥一樣，是對我們的維護；油條的承擔，讓我發現老惹麻煩的他，也有英雄的一面。我自愧不如。

唉！或說當年少不更事吧，現在成長了。怎的仍然意氣用事？

「為什麼你不說出來？」我實在按捺不住，休息時，見油條獨坐一角，我主動取了藥酒，去替他塗抹，乘機問他。

「自己做的自己承擔。」油條輕輕的，垂下頭，眼睛望着地下，像逃避什麼似地答道。

如果他昂起頭來，慷慨激昂地說要維護弟兄，我反而會覺得他造作，但是他那缺乏自信的眼神，無可無不可的語調，卻更令我慚愧莫名，我怎麼搞的，竟蓄意傷害一個這麼善良的人！還說要做一個高素質的軍人！我感到很內咎，很生自己的氣。

晚上，我獨自去見教官，向他自首，對他說那件事是我做的。

教官微笑說道：「你們上了一幕『王子復仇記』吧。」原來他們早已知道！我們自以為神不知鬼不覺的「大事」，人家早已知道，我覺得自己簡直是個小丑。

智慧不如人，覺得自卑？

我從此更加謙虛，努力學習，對自己要求更高。

Panda，你有種！

「既然你來自首，那便罰你槍鏜入彈去，三十秒內入三十粒子彈，做不到，再有懲罰。」教官說。

「Yes, Sir!」我欣喜地接受懲罰，心裏頓時輕鬆起來，如放下一塊大石。

告訴你，將懲罰當磨練，能為你帶來好運，改變你的一生。

十　殺戮戰場

烏雲覆蓋，大雨滂沱。

我們正在馬來西亞，要進行任務演習。

任務：運送軍用物資。

時間：十二小時內。

地點：馬來西亞某熱帶雨林。

地理環境：惡劣荒僻、樹林蔽天、盤山路狹、浮沙碎石、懸崖山壁、會有塌方、須過叢林。

交通工具：卡車、徒步。

天氣預測：極度惡劣，烏雲蓋天，二十四小時內無顯著轉好跡象。

估計清況：敵蹤不明，沿路可能會遭受敵軍狙擊。

經年訓練，我已升做隊長，奉命協助帶領新兵，在十二小時內將軍用物資送抵海邊X處。

天色陰暗，估計傾盆大雨會隨時蓋到，但為了準時完成任務，我們得想辦法爭取時間。破曉時分，上士下令出發。

軍車在山谷中迂迴前進。雨林巨木參天，像一個個巨大的老魔怪，身上披着各式各樣的枯藤老蔓，有的糾纏樹身，有的懸掛在半空，有的橫卧地面，枯葉、青苔、蕨草、菌類植物，遍地都是，還有數不盡的、不知名的鳥獸蛇蟲，神出鬼沒，樣子奇特，叫聲詭異。

如果順利，我們應該在大雨傾下前到達山腰盤地。只是，雨已下了整整三天，地上滿布泥濘枯葉枯枝。許多時候，卡車車輪被堵住，不得已，大隊得停下來砍樹，劈成木板用來鋪路，讓運物資的卡車能夠順利前進。第一小隊負責砍樹，第二小隊負責鋸板，第三小隊鋪板前進，第四小隊負責清理後路木板，再趕送前方。就這樣，鋪板、收板，前進；前面鋪板，後面收板，走向前再鋪板，滾軸式向前推進。

午餐就在途中邊走邊吃的。

好不容易，穿過叢林，眼前豁然開朗，泥濘山路終於告一段落。

「把木板棄掉，減輕負擔。」熱狗提議道。

我仔細觀察前路，放眼盡處，都是沙石路。路面滿布泥石、碎石、亂石，這些石頭，近崖邊的嶙峋尖削，層層疊疊，凹凸拼貼，恐怕只要大水一沖，必會灑灑滾下；曾經被溪水沖刷的石塊，躺在溪旁，圓渾有致，美態紛陳，混和着剛滾下未及磨去棱角的尖石堆，叫人看得眼花繚亂。只是無論是嶙峋尖石，還是有致圓石，對我們的卡車都是大敵，會刺穿輪胎，會卡住車輪。

「不，把木板留着，可能還有用處。」

我的擔心並不多餘，話未說完，一輛卡車已經被碎石卡住，發出野獸般的嚎叫，低沉憤怒，奮力掙扎要衝過去，可是車輪被石子卡得死死的，前衝後退都過不了怪石陣，大家只好下車，用木板頂在車輪下，再合力推車，好讓卡車爬上來。

沿路，停車、下車、推車，沒完沒了。

這時，只見前面山頭烏雲蓋頂，頃刻，電光火石迸發，劃破烏黑的雲層，接着天空上傳來「爆電箱」般的雷聲，隆隆啪啪，山頭立即轉為一片朦朧，我知道，暴雨在前方傾盆倒下了，這裏，涓涓溪流瞬間會變臉，化成洶湧洪水，吞噬一切。

我們陷於進退兩難的局面！本來，山區遇雷電，安全方法是棄掉所有含金屬質料的物品，並且盡快往下走，但谷中將會山洪暴發，不往上爬，全軍會被淹過沒頂。

好緊張！上不得，退不得，你們怎麼辦？

我揣測：山中閃電雖然危險，但仍有機會避過；谷中洪水兇猛，將使我們走投無路。我認為應該向上去。

我立即將觀察及估計向上士報告，上士下令棄車，將物資搬上山腰小徑。

我奉命帶領一小隊攀上山坡找落腳點。很快地，我們找到了一條山腰小徑，分頭在粗壯的樹幹上繫上繩索，作吊運物資及供士兵攀爬之用，憑着我的當機立斷和大家的靈活身手，全個過程，才用了十分鐘。

大伙剛剛完成搬運，「隆」的一聲巨響，山洪暴發，洪水洶湧澎湃，滾滾濁濁，萬馬千軍，狂奔而下，經過溪中亂石，更激起高高的浪花，中間的水沖得太急了，擠得旁邊的水向後旋轉，一瞬間，把笨重的卡車，變成玩具，變成積木，玩弄於浪濤之中，卡車在水中浮沉，一時旋轉，一時豎立。大自然的威力，叫你屏息，叫你俯首，叫你謙卑。

大軍寸刻不敢停留，向前挺進，一些物資，可以揹起的，便令人揹起，不可以揹起的，便放在木板上，木板臨時被釘結成一大塊，配上輪子，作運輸用途，有人在前面拉，有人在後面推。幸好出發前思慮周詳，準備充足，不然現在寸步難行，遑論運送物資？

大軍艱苦而又迅速地向前推進，遠處烏雲卻更迅速地覆蓋過來。我們不怕大雨，不怕行雷閃電，只怕塌方。但人在山中，無路可退了，只好迎着滿天烏雲，無視滿天雷電由遠而近，同心合力，勇往直前，希望盡快通過山峽，到達山的另一邊。

隨着「隆隆」聲響，狂風大雨掩至，上士命令兩位下士負責用望遠鏡監察山坡和天空，估計塌方和雷擊的可能性，大隊全速前進，不得延誤。幸好我們齊心，迸發最大的力量，終於迅速而又順利地到達山峽。

只見山峽的另一邊，是雨後斜陽，樹綠草青，一抹青蔥，放眼盡處，是渡海碼頭，正是我們的目的地。我們的任務，就是要把物資送到該處上船。

「到了！到了！」有人高興得跳起來喊道，是熱狗，大情大性，做事衝動，永遠是第一個作反應。

「終於過關了！」我正要鬆一口氣，跟着卻聽到「嗖！嗖！」槍聲。

「有埋伏！」我一邊叫道，一邊扯着熱狗俯在地上。

「散開！後退！找掩護地點！」上士下令道。

看子彈射來的方向，是左前方稍高處。我立即爬上一棵樹上，看見左上方有着零散的小土墩，土墩旁邊是小樹林，正是埋伏的好據點，我們該怎樣對付土墩後面的敵人？

「機槍還擊！左前方二點鐘位置。」

我迅速溜下樹來，蛇行鼠竄，爬到上士身旁，示意我去後面包抄，上士命令DJ、熱狗、檸檬、油條、薯仔和我一起行事。我們六人身上各有四枚手榴彈，只要能夠將其中十枚投擲到敵方匿藏地點，我們便算勝利。

隊友伏在右方掩護，向左上方的敵軍開槍，吸引他們的注意力，我們以為只要悄悄地繞過小樹林，便可以向小土墩後的敵方邁進，來個前後夾攻，誰知敵軍一早布陣，居高臨下，靜待我們出現，要來個甕中捉鱉，而我方整日行軍，與風雨沙石拚鬥，疲乏不堪，能夠再支持戰鬥下去，完全是意志與耐力的考驗。

天色漸漸暗下來，對我們的反襲擊行動大大有利，我們六人。各自將偽裝的枝葉插在戰衣上，走進小樹林，逐步移近小土墩。誰知道，薯仔一個不小心，半途中一腳踩空，滾下山坡，幸好天色陰暗，加上我方機關槍密集掃射的掩護，敵人沒有機會伸出頭來觀察，我們又兵行險着，出乎他們意料之外，所以薯仔滾下山坡並未造成我們行藏的洩露。

槍聲震天中，我們移近敵後方投擲手榴彈，愛看漫畫的油條撩起褲管，從靴筒中抽出大彈叉子，將手榴彈加在彈叉上射過去，準確而又有力。這小子，原來有這麼好的秘密武器和眼界，彈無虛發。

我方反襲擊成功，大家抬起油條，高高向上擲，給他一個英雄式的歡呼：「Hip Hip Hurrah! Hip Hip Hurrah!」

咦，你們不是看不起油條，還將他當作人肉沙包嗎？

有一件事你是想不到的，人肉沙包事件之後，我們六個人成了患難與共的好兄弟。

你們可真奇怪！

人，不經一事，又如何長一智？

伏擊、還擊，戰果如何？

點算死傷人數，我方十人，敵方二十七人，主要是被手榴彈「炸死」或「炸傷」的。

在真實的戰場中，你們也可以這麼幸運？

敵軍潰退了，我們收拾殘局，「死去」的原路回去，「一筆勾銷」——OUT，不得再參加下一步的演習計劃；受傷的包紮了傷口，跟大軍挺進。曾經滾下山坡的薯仔被下令包紮右腿，用左腳和拐杖上路，他走得很辛苦，開始有怨言。

「演習尚且這樣艱苦和危險，如果在真的戰場，我怎可能應付得來？」滾下山坡的薯仔動搖了，想要退出。

「不，我覺得蠻好玩的。」彈叉英雄油條說。

「薯仔，你現在不是應付得挺好麼？要相信自己，告訴自己：你做得來。」我鼓勵薯仔說。

同一件事，有不同的看法，不同的態度，這並不奇怪，我認為，最重要的是：盡自己的能力，努力學習，竭力去做，不必擔心結果。你會發覺，做完了事，自己的本領也就提升了。

大軍繼續向海邊挺進，這時，我們看見一艘帆船自遠處駛近碼頭，我們所運送的軍用物資，就是要送上這艘船的糧食。

十一　上帝的恩典

軍部有部大熒光屏，用來向全營宣布很特別或突發事件。熒光屏一閃動，我們便知道有大事情發生。

我記得，上一次熒光屏啟動，是一個月前，軍方宣布有位中將從英國前來的消息，軍中所有人都顯得比平日緊張，長官檢查制服和罰新兵洗刷廁所更見頻繁。中將到達當日，我們還特別做了一個盛大的歡迎儀式，全營整齊列隊，讓中將檢閱，接着是子彈入鏜及射擊表演。那時，我已升做下士，帶領自己的小隊。

這一天，晚飯後，大伙正在休息，忽然傳來緊急召集的警報，全營迅速集合、列隊，接着便聽到軍樂播送，熒光屏閃動。大家昂然挺立，屏息看着熒光屏上的字幕：

（原文是英文，為方便讀者，以下翻譯為中文；括號中的話語是我即時的反應。）

年紀：X歲（這是私隱，恕我用X代替。）

你又不是「師奶」，怕什麼被人知道年紀？真麻煩。

體能：A等（仍可發展至A＋等。差在身高稍遜一點。）

服從：A等（曾向長官駁嘴一次。）

堅毅：A＋等（事情越困難，我越興奮。）瘋子！

機智：A＋等（從殺戮戰場一幕可見。）

子彈入鏜：三十秒，三十四粒（日常要求三十秒入二十粒，G Sir罰我時要求三十粒。）

射擊：百發百中（我彈無虛發。）

紮作：A＋等

英語：B等

咦，你的英語大有進步。

一行一行看下來，大家便知道是成績的公布，但這是什麼成績？有啥作用？便沒有人知道了，儘管諸多揣測，還是丈八金剛摸不着頭腦。大家都很緊張，不知道跟自己有沒有關係。這時候，又有一行字出現了：

評語：表現出色，被提名到英國軍校參加選拔試。

哇！好事！

會是誰？

可會是我？

有可能麼？

沒可能吧？

為什麼沒可能呢？

每個人都希望是自己，新兵則不必妄想，他們不夠資格；「尉」級、「校」級不必擔憂，他們已經全是軍校畢業的精英；剩下的，是「士」級的人馬，看到這裏，我心情緊張，忐忑不安，我只是下士一名，勁敵多的是！

偌大的操場，全營人齊集，但鴉雀無聲，長官們在台上一字排開，軍士們在台下列隊挺立，人人翹首向上，屏息以待。我的心禁不住噗通噗通地跳動，我放在身後的雙手，微微滲出冷汗，槍林彈雨，衝鋒陷陣，從未有過這樣的緊張。

熒光屏上又出現了四個字：

誰被提名？

唉！唉！軍部玩的心理遊戲，也真虐待人！

更要命的是！偏偏在這時候，軍方不宣布獲提名名單，反先來一趟中將訓話。中將從英國軍校到來，審核獲提名者的成績，選拔人才到英國軍校再參加選拔試。中將說的是漂亮的倫敦英語：

「你們要知道，被提名到英國軍校參加選拔試，是一項非常的榮譽，要非常的人物，有非常的生理耐力、非常的情緒智商、非常的軍事反應、非常的整體表現，才可以有這個非常的機會……」

Oh, my dear非常extraordinary的中將，請你快快作出非常完結，宣布非常結果！

「我這次從英國來到香港，就是要認識這樣的人才，列出名單，選派他或他們到英國軍校參加選拔試。小心聽着，這是一個冷酷嚴峻，絕無人情味的選拔試，每天每時每刻都進行考驗，一次失敗，便會被淘汰，被淘汰者立即收拾行李離開，沒有人會對你的垂頭喪氣、夾着尾巴的模樣瞧上一眼。失敗，是恥辱，是活該！被提名的人，背負着的，不是個人的聲譽，而是香港部隊的榮辱、軍人的榮辱，絕對退縮不得，失敗不得！你們明白嗎？Understand?」

「Yes, Sir!」我們朗聲應道。

我的心情更複雜了！

壯志凌雲，更上一層樓，是每個軍人的願望。

但是，肩負香港的榮辱、軍人的榮辱，我背負得起嗎？

而且，一旦被提名，便退縮不得，失敗不得，我挺得住麼？

還有，競爭這麼激烈，考驗這麼殘酷，我捱得到麼？

如果真的失敗，便會被淘汰，那種垂頭喪氣，夾着尾巴的沮喪，我吞得下嗎？

我渴望自己被提名，卻又擔心自己被提名了。

做人，有時真的很矛盾。

熒光屏上終於出現文字了，是一個一個打出來的。（軍部的心理戰委實厲害！）

獲提名人數：1

獲提名者：H-K-9-7-（我的心如鹿撞，砰砰的猛跳……腦一片混沌……）熒光屏最後出現：-7-1

我周圍的世界凝固住了……

HK9771，幸運的編號！

多謝上帝恩典！全能的父，你無處不在！

多謝爸媽給了我好名字！耀輝，耀輝，光宗耀祖，無限光輝。

多謝Panda熊貓，果然鴻運當頭！

我有高中狀元，金榜題名的感覺！

「恭喜你，HK9771。」中將首先拍掌。

全場，掌聲雷動。

「Panda，你真行！」

感覺飄飄然，就像獲選香港小姐，差點要披上大紅斗篷，繞場一周，多謝父母叔伯、兄弟姊妹、導演監製、台前幕後的工作人員。

說真的，我衷心多謝罰我擦鞋的P Sir，他考驗我的自我要求；罰我子彈入鎗的G Sir，他提高了我的敏捷靈活；多謝罰我掌上壓的M Sir，罰我做仰臥起坐的S Sir，他們提升了我的體能，鍛煉了我的耐力；多謝罰我洗廁所的W Sir，罰我們做人肉風扇的D Sir，他們迫我磨練意志，助我逆境自強；還有，還有，我要感謝當年恩准我入部隊，後來又要我替他擦鞋，好讓自己教我英文的老少校……他們都在合力培育我做一個出色的軍人，要能夠適應任何環境，要能夠克服任何情況，要能夠抓緊任何機會，練就一身本領，讓自己出色出眾，頂天立地。

原來，罵我罰我的，都是一分一寸地推我步向進步成功的恩師！

我感激莫名，潸然淚下。

昔日，種種的罰。

今天，換來大大的賞。

在領取提名獎狀的台上，堂堂男兒，禁不住了，流下男兒的淚。腦中升起了一幕幕艱苦的考驗，身體的疼痛，心靈的煎熬，內心的掙扎，軍中兄弟的扶持……

看，現在說起來，你還是禁不住哭了。

我那一刻才深深體會到奧運會的健兒，為什麼在領獎台上都熱淚盈眶，不能自已，那些艱苦後的成功滋味，那種不負老師國家栽培的承擔，那種為國爭光的榮耀，實在是百般滋味，湧上心頭……

我深切地明白到，成長並不容易，成功更要付出代價。我們做任何事，都有前因，故有後果；收怎樣的果，全看你種什麼的因。

你被選拔後，是不是便一帆風順？

一帆風順？怎樣才算是一帆風順？

部隊批准我三天假期，回家與家人共聚，向家人辭行，然後回來整頓行裝，趕赴機場。能夠到英國人軍校，實在教我開心興奮，一路上，我忍不住暗中偷笑。

駐港英軍部隊
獲提名者：
HK9771

匆匆回家，迫不及待將好消息向爸媽宣布，可是老人家在冷戰中，各自躲在自己房中，避免碰面，害得我要分別向他們宣布，講第一遍時歡欣若狂，講第二遍時熱情半減。雖然他們臉上都不禁展露開心燦爛的笑容，但一家人不能一起、同時分享喜悅，實在使我覺得美中不足。

我暗中對自己說：「將來我有家庭，我一定盡力保持它的幸福溫馨；我有孩子，我一定要使他在父母的恩愛中長大。我不能因自己的固執意氣，而使家不成家，使我摯愛的家人受苦。」

離家之前，我對爸爸說：「你要盡量表示對媽媽的關心，總有一天，她會回心轉意的。」爸爸低頭無語。

我對媽媽說：「爸爸是個脾氣不好，也不會說話的好人，你便原諒他吧，原諒他，你會更開心快樂。」

媽媽悻悻然地說：「你知道什麼！」

在旁的姊姊連連打眼色，示意我不要再說，再說，媽媽要生氣了。

十二　魔鏡魔鏡

我只好帶着對家的牽掛和對爸媽的失望回軍營，在軍營中找回成功的喜悅和對未來的憧憬，混和了悲喜苦甜，踏上征途。

沒有人送機麼？

千山我獨行，不必相送了。

好豪氣啊！英國選拔試如何？

艱難！很艱難！

英國生活又如何？

辛苦！好辛苦！

剛抵步，立即到軍校報到，登記隊伍中盡是從世界各殖民地來的精英。開學禮中，虎背禿頭，身形略胖，但依然威武過人的校長的一番訓話，我畢生難忘，他說：

「在第一週選拔週中，我們會淘汰能力不逮的人，剩下的才叫做精英，才可以留下來接受訓練。現在，看看你左邊的同學，再看看你右邊的同學，你們三個人，明天一過，可能已消失了一些；後天，又消失一些。你得盡努力使自己可以留下來。」

他又說：「你們每一個人，都有一張回程機票，就放在辦事處，任何人在任何環節中被淘汰，便直接到辦事處取機票，滾回老家去。」

我心想：這樣子回去，還有面目見人麼？

「記着，不要失敗，不要落伍，更不要使自己受傷。軍隊無情，一有差錯，你便會被趕出大門。Out!」

「你是最快領取回程機票的人麼？」他食指前伸，直指到每個人的心坎裏！指到你的心噗通噗通地狂跳！

回到自己房中，站在鏡前，長程飛行的疲累，離鄉別井的愁緒，加上擔心被淘汰的壓力，鏡中人顯得神情疲倦沮喪。

你是最快領取回程機票的人麼？

你是最快領取回程機票的人麼？

你是最快領取回程機票的人麼？

當天晚上，這句話一直在我腦中徘徊，在眼前閃動，叫我輾轉反側，不得安睡。

第二天，考驗第一關：男兒當自強。

晨光曦微中，我們齊集教場，第一個試驗是超越障礙。每人要伏地俯身爬過長五十碼但只有一呎高的鐵絲網陣；然後跨越三個木柵，向前跑過泥水窪地，攀上十呎高木欄，躍回地面；再俯身用肘膝俯爬五十碼。做完之後，人人衣衫盡濕，不少人還擦損手臉，在軍校中流下第一滴血。下午，越野競跑三十公里，先弄得人人英雄氣短，雙腿無力，到達目的地，忽然眼前一亮，二十呎石牆一度，就是要徒手攀爬博鬥的對象，偏偏又天公不作美，灑點毛毛雨，弄濕石牆，使它更難抓緊，因此而摔下的有五個人。

他們怎樣？

怎樣？唉！戰爭無情，競爭殘酷，歸家去吧！

喔……

有家可歸，不幸中之大幸了！

第三天，考驗第二關：小隊精魂。

六個人合力抬一條大木柱，一起拚力，兩小時內跑十公里，翻山越嶺，涉水過溪，中途不許停下來，不許休息。一隊六人，高矮肥瘦不相同，大木柱圓渾中有刺，圓渾處難着力，有刺處皮肉傷。隊友來自各地，小隊中我算矮小，大木柱的重量就好像全部集中在我的臂上，使我充分感受圓渾的力，完成考驗後，手肩疼痛不堪，從手背手掌中拔出的小木刺，有四條之多。幸好的是完成任務，換來對明天的期盼。

不能完成任務的兩個小隊，在當天便被趕出軍校。

第四天，考驗第三關：軍中無弱者。

全副軍裝，頭戴軍帽，腳蹬軍靴，頂着驕陽，還怕你太輕鬆，要你揹上四十磅重的背囊（水壺的重量除外），徒步越野競跑九公里，又是翻山越嶺，涉水過溪，限時四十分鐘內完成。我幸運地完成全程，換來腰背腿腫無處不痛，腳趾邊長出許多小水泡，痛癢難當。

當天，又有三個人要去領取機票。

晚上，回到房間，看見鏡中的自己，嚇了一跳，又黑又瘦，只三天吧，吃不慣，睡不好，考驗又艱苦，心靈又孤獨，傾訴無門，慰藉無人，被折磨得好像老了幾年，覺得很難過，胸口像被一塊大石重重地壓着，壓得透不過氣來，眼眶紅紅的……

站在鏡子前，我忍不住放聲大哭起來。

忽然……

鏡中人說：「Panda，很辛苦麼？」（很關心的樣子。）

我答：「是，苦不堪言。」

鏡中人問：「考驗艱苦，受不了？」（像有點鄙視。）

我說：「考驗？還可以承受。只是，從未出過門，有點想家。」（是藉口麼？）

鏡中人回應道：「當年，哥哥離鄉別井，到外國升學，年紀比你還小，他還不是適應下來。別忘記，你是軍人哩！」（像真的瞧不起我。）

我自我辯護道（有點慚愧）：「人家覺得孤單寂寞嘛。」（眼淚又不受控制地滾下來。）

鏡中人提醒我說：「嘿！你最會正面看問題，往好處想吧。」（很不以為然。）

我生氣了，大聲叫嚷：「你以為我是誰？是神？是上帝？哼！」

鏡中人：……（沉默不語。）

半晌，我抬頭看着「他」，問道：「怎麼不說話？」

他仍然沉默不語。（苦笑。）

我發覺，原來自己也在苦笑。

過了一會，他又說話了：「小旋不要你沮喪，哭哭啼啼的。耀輝也不是喪家犬。」（一刀戳來，戳心戳肺。）

我無話可說了，漸漸地，心情平復下來，淚也不流了。

哈！愛情的魔力真大。

我和小旋，還有愛情麼？

無論如何，想起小旋，想起小旋對我的欣賞，對我的期望，我的心情總算稍稍平復下來。我悄悄地轉過身，爬到牀上去，擁着枕頭入夢，好應付明天，下一關。

第五天，考驗第四關：智慧雄風。

軍校又耍什麼花樣折騰人？

英文數學、英文寫作和即時英文演講。

好哇，來一個文鬥，好顯示雄風外的智慧。喂，你的弱項呢，弱過豆腐，今次真要你的命吧？

你錯了！我英文數學比外國人強，英文寫作不比人差，即時英文演講沒有尷尷尬尬，嘻！

解散前，校方公布錄取結果，我榜上有名，正式成為軍校的一員！

驚慄的一百二十小時過去了，我撲回房中，摟着鏡子對他說：

「喂！我成功了！成功了！」

他露出一排潔白的牙齒，呶起嘴唇親了我一下。

我摟着他，把眼淚印到他的臉上。

傻笑對傻笑，淚眼對淚眼。

沉默了許久之後，我問：「為什麼哭了？」

「我很自豪！挑戰了自己的極限，取得了肯定。」

鏡中人默默同意。

我再一次明白，為什麼奧運健兒，不分男女，在領獎台上都涕淚縱橫了！

這以後，有什麼心事，我便留在晚上，悄悄跟魔鏡說。魔鏡有時靜靜聽我傾訴，有時跟我爭辯，有時替我分憂，有時為我分析，沒有魔鏡，我不知道如何度過一重又一重的難關。

話說回來，你會考那年才只懂yes, no, I, you，怎可能過得「智慧雄風」一關？

學習，只要有動機，自會留心；肯留心，成績自會突飛猛進，你沒聽過嗎？學無先後，達者為先。

果然?!

我深信：自己不先扯起白旗，沒有誰可以迫我投降！

有機會到英國，正好和小旋復合。你到底有沒有找過小旋？你不是說她在英國讀書嗎？現在，你也來到英國，快去找她，再續前緣吧。孤身在外的你，最需要愛情滋潤呢！

……

十三　雞與好男兒

軍旅苦，趣事也多。

軍中主要是男生，點綴地收了三數個女生。聽說是為了堵塞人權分子的嘴巴，免被批評歧視女生。

印度來了一位女兵，叫娜娜，聽說是富有人家的獨生女，為了尋找「自我」，要證明巾幗可勝鬚眉，女生不比男生弱，毅然投入軍部，但小姐天生有點「寒背」，在印度，沒有被指正，在這裏卻常被批評既失威嚴又不美觀。她大小姐果然有志氣，每天晚上熄燈後便偷偷起牀，用粗皮帶把腰勒直，靠牆站立，校正體形。她的故事，在軍營中傳為佳話。

軍校中沒有什麼娛樂，外語電影，看多了也膩人。軍中多年輕小伙子，飽受訓練的折磨後，總有人會想到新奇的玩意。

今天，健身室來了一雞。

什麼？雞？

Chicken。

你指的是哪一種雞？

還有哪種雞？我說的雞，當然是會喔喔叫，活生生的雞，公雞。

牠來幹嗎？

練習跑步。

什麼？一隻雞，來了軍校，在健身室出現，還要練習跑步？

是，牠來跑步機上練習跑步。

你在編笑話，我不相信！看故事的讀者也沒有人會相信！

星加坡來的阿迪說東南亞人用跑步機訓練鬥雞，鍛煉雞的耐力，提高雞的體能，使雞的身形變得肥大健碩，雙腿強健有力，容易在鬥雞比賽中勝出。

阿迪不知從哪兒弄來一隻雞，偷偷養在軍校後山草坡上。

說也奇怪，阿迪把雞一放到跑步機上，牠便乖乖的挪動雙腳，不停地跑，雞爪踏在機上，「的的」地響，聲音清脆有致。阿迪呢，就在牠旁邊的跑步機上陪牠跑，還不停發出「喔、喔」的聲音，鼓勵牠努力。旁人看得興高采烈，一人一機，和雞競賽。

我的一組，共有七人，被通知下星期要攀爬蘇格蘭的馬鞍山，行程共四日三夜。為了提高體能和耐力，我們每天總得擠出時間到健身室，一見到阿迪的雞，我們便大受刺激，大感興奮，練得格外起勁，一邊跑，一邊跟着牠喔喔的叫，整個健身室，響遍「喔，喔，喔喔喔喔」的啼叫。

好男兒。可不能輸給雞！

尤其是看見牠高高昂起頭來的正牌公雞相！

還有那一對雞腳，密密的步，急急地走！

真叫人想不到，提高你們體能和耐力的，竟然是一隻雞！

蘇格蘭的山，陡峭高峻，山脈屏立，逶邐曲折，山頂長年積雪。我們要攀爬的是馬鞍山。

馬鞍山？新界有一座。

差得遠了！去到蘇格蘭，我才知道什麼叫做「山」！

蘇格蘭的馬鞍山，山峯龍走蛇舞，削若劍杪，峯上山脊聳立，兩邊懸崖千呎，懸崖底下，地勢崎嶇不平，高高低低，斗折蛇行，坑坑窪窪，你以為山脊路難行，懸崖下，路更難走。上天下地，都是體力、智力、耐力的最大考驗。

一行七人，包括印度嬌娃娜娜和星加坡亞迪，還有四位大漢：英國本土的貝利，澳洲來的霍得，尼泊爾的歷蘇，肯雅的拉猩、昂藏六呎以上，體重超過二百五十磅的大漢，站在我們三個亞洲人旁邊，我們就只能見到他們的腋毛。

自卑麼？

哪裏，健碩的他們也有苦惱。俯爬越過鐵絲網時，永遠是他們掛彩，也是他們最遲緩，身形太大，肉太厚之過吧。

二白二黑加上三個棕色，各揹上六十磅行李，在太陽露出第一道光時，踏上征途。

馬鞍山，山腳是大片樹林，茂密的樹林鬱鬱葱葱，無邊無際地開着五彩繽紛的花，雀鳥在樹叢中鳴唱，小松鼠在樹上奔竄，看得人心曠神怡，渾然忘掉背上六十磅的重擔。

向上邁進，眼前樹影漸疏，再向上走，漸見灌木叢生，然後是青草蔓長。草，像一塊巨大的、厚厚的、墨綠色的地毯，鋪滿整個山腰，人的眼界也豁然開朗起來。四野寂然，不見人煙，偶然看見一隻鳥兒擦過山腰，拍着翅膀，自遠處滑向山腳中的叢林，發出清脆的叫聲。天空上浮着幾朵厚雲、預告明天會是晴朗的一天。當天晚上，我們就在草坡上紮營。第一晚，由印度嬌娃當值，我睡在綠色的地毯上，陪她談天，數數夜空中數不盡的密密麻麻的繁星。

「考考你，一隊軍人，在山上紮營，晚上人人翹首向天，眼睜睜數星星，為什麼？」娜娜出題。

「因為他們要用星星定向。」我認真地回答。

「不對！」

「因為他們睡不着。」我嘗試不去想一些太認真的答案。

「錯了，是因為他們的帳幕全被狂風吹走了，他們只好眼睜睜地看星星。」

唉！答案越簡單，便越容易出錯。

第二天，再向上攀，草坡漸漸消失了，換來了浮沙碎石，路，開始難走了，我們許多時要手足並用，邊走邊爬的向上前進。幸好平日認真鍛煉，要應付也不太困難。

翻過這一段山坡，便要走在一段河崖上。崖上山石鬆軟，再被激流沖蝕日久，便形成了斷崖。這段路，一邊是峭壁，高不可攀，一邊是懸崖，深不見底，無可攀爬，跌下去，恐怕也無可呼救了。崖上棧道，淩空修建，左右盤旋，上下迂迴，十分狹窄，只容許一個人行走。巉岩突兀，流礫崩石，在我們步行時掀揚起來，滾下懸崖，撞擊石岩，化作一陣火花的濃雲般滾走。這樣的山形地勢，對行山的人，肯定是個考驗。

腳下一片深不可測，我們不能有任何出錯。

「小心！」

「慢慢來！」

提醒的輕聲，走路的躡足，生怕一用力踩，整個人就會掉下去似的，尤其不可忽視的是我們那六十磅的背囊，它一擺動，分分鐘使你失去重心，直墜崖底。

我對自己說：「考驗來了，Panda，你一定行。」

星加坡阿迪口中喃喃：「我腿軟了，佛祖保佑。」

「向前看，不要往下望。」我鼓勵阿迪，也對自己說。

「不行，在星加坡，我從未見過這樣的山。」阿迪怕得聲音顫抖。

「阿迪，你的雞呢？」

「對！雞的腳，公雞精神！喃嘸阿彌陀佛。」

在高地勢兼身心極度緊張的情況下，我們呼吸沉重，耳膜開始嗚嗚作響。唯一的應付方法，是專注前路，不要理會身體的反應，讓身體自然調節。

轉頭看印度嬌娃，緊抿嘴唇，默不作聲，加上滿臉通紅，顯然有點緊張。幸好四位大漢自告奮勇，兩前兩後看顧着她，我可以放心了。

好不容易捱過了這一段路，才敢挺直身子，抬頭四顧只見我們到達山中一個盤谷，崖邊有一條大瀑布傾瀉而下，正好是我們的第二個紮營地點。這時，天空上一抹紅霞和近處的深紫色雲朵，漸漸融成一片，天色迅速地黝暗下來。

山和天都黑沉沉了。只有大瀑布，像一匹從高空垂下來的大白布，在黑夜中閃着光芒。看看腕表，才三時半，如果我們行動稍為緩慢，天黑了還在棧道上的話，那可糟透了。克服難關，有驚無險，大家心情舒暢，煮了一頓豐富的原野晚餐，有烤麵包、烤洋蔥、罐頭沙甸魚，阿迪在潭中表演東南亞式徒手捉魚，為大家加一道鮮魚美食，我還煮了「私伙」公仔麵，吃得大家「咻咻」示好。

晚上，大自然中蟲鳴獸吼，流水淙淙，交織成讓人易筋洗髓的天籟。阿迪和拉猩當值，大話東南亞和非洲的鬥雞，說到興奮處，兩個大兵，還手舞足蹈，來個模擬鬥雞，十分惹笑。

一宿無話，第三天，峽縫穿針。

這是一道峽谷，在峽谷中抬頭仰望，只見峽谷兩旁，山勢巍峨，兩道高得令人頭暈目眩的懸崖，構成沒有盡頭的夾壁，天空只剩懸針一線，峽谷的出口在二百呎高處，我們要攀登上去，才能通過峽谷。

在這一段，歷蘇是隊長，利用了尼泊爾山區的經驗，第一個徒手攀上峽谷口，在那裏接應我們。其他人沒有尼泊爾歷蘇的本事，要依足攀岩程序，首先各自在身上繫上救生索，再用木栓子塞入石隙作保護，一人攀爬，一人殿後，分為三組，小心翼翼，既要估計石縫的可靠性，又要預計岩石堅硬度，還得預測風力風向，在岩上遇上氣流，可以要命的！憑着大家的堅毅和合作，全組人先後到達谷口。

就在這時候，谷中光線忽然完全消失，四周黑漆一片，我們心中一凜，紛紛抬頭引頸，向一線天處張望，只見有一隻不知名的大野鳥，伸展一雙大翅膀，遮蔽了一線天。野鳥飛過了，我們才得重見天日。

大家吁了一口氣，半步不敢停留，步伐迅速，瞬間抵達峽谷縫口。一線天名不虛傳，縫口窄得只可讓一個人通過，四大漢子體骼太大，要先放下背囊，側着身子，呼出體內的空氣，胸腹內縮，忍着不呼吸，才勉強把自己擠過去。

我身形較小，五呎六吋，體重才不過他們的一半，通過縫口並無太大困難，正要取笑他們是人肉栓子之際，忽然吹來一陣罡風，形成強大的氣流，颳起遍谷的沙石，更把我整個人吹起！

我不是說笑，我的身體真的被吹起，橫臥空中……。

誇張，沒可能！

？？？

我才出峽谷口，迎面颳起一陣強風，把我吹得雙腳離地，下半身升起，整個人橫在空中，我嚇了一大跳，自然反應，就是雙腿狂踢，要踏在地上，同時拚命伸手就是一抓，抓住前面大漢的什麼，這才逃過整個人被吹走的噩運。大漢也正努力穩住身體，抵禦強風，才沒有被我突然而來的一抓抓跌。

為什麼他們沒被吹倒？

你知道他們體重多少？二百五十磅以上！我多少？他們的一半！

印度嬌娃娜娜呢？星加坡阿迪呢？

他們還在谷中，未過一線天，避過大難。

唉！何必偏偏選中你！

這也好，隊長報告上證明我反應快，身手敏捷，是出色的軍人。

你有沒有後悔，選擇做了軍人？

來一點挑戰，便要後悔，我以後還做得成人麼？我相信有膽色的人，會活得更精彩。

……

罡風來得古怪，去得也快。我驚魂甫定，發覺自己剛才左手抓住了站在前面的貝利的背包帶子，右手抓住肯雅拉猩的腳。

我鬆開了左手，放開了抓住的貝利的背包帶子，但……但我的右手，卻更牢牢地抓住什麼！

你剛才不是說右手抓住肯雅拉猩的腳麼？

哇！不是腳，是……是……是一截斷腿！

拉猩被我扯斷了一條腿！

「拉猩！」我大叫起來，拿着斷腿，撲向拉猩！驚駭難過得面部肌肉震顫，冷汗直淌——我為了自救，扯斷了拉猩的腿！好好的一條腿！

印度嬌娃娜娜和星加坡阿迪剛從縫隙中鑽出來，看見我拿着一截斷腿大叫，也嚇得「Oh! No!」的大叫起來。

其他三大漢子呆呆地站立着，一時之間，也不知所措。

拉猩半躺在岩邊。

「拉猩，你的腿！糟糕，你怎麼了？」

「不要緊張，沒什麼大不了！」

我跪在拉猩身旁，要檢查他的傷勢——咦！怎麼沒有血的呢？

「你看清楚，是一條義肢，被你扯脫了。」

拉猩用單腳跳到不遠處的一塊平坦的岩石，我拿着他的一截腿在後面追。

拉猩坐到石上去，打開自己的背囊，拿出工具和零件，手法利落地把義肢重新安裝好。

「好了，繼續上路吧！」拉猩一臉輕鬆，若無其事。

義肢軍人？殘廢也能夠當兵？殘廢也考得進軍校？殘廢也沒被發覺？

喂，拉猩，你好利害！

我以為自己的成長充滿考驗，充滿憂患，和拉猩比較，我算是什麼？

拉猩教曉了我，不要斤斤計較於自己的殘缺，要看自己的力量，一顆勇敢的心，才是最有力的武器！這以後，我可要對自己要求更高，更要有自信了。

十四　欺山莫欺水

我們的認識，開始於軍校選拔試上。

我們的友誼，建立在公雞跑步機上。

我們的默契，凝聚在馬鞍山上。

這一次之後，我們成為心意相通的好朋友，合作緊密的七人小組。

今天，我們要駕駛帆船「雄風號」到白浪島，在島上闖白水急流。要知道一個人是否具有果敢堅毅的性格和沉看應變的能力，水，是絕佳的考驗。

七人小組加上領隊上士，一共八人準時出發。

Panda，我真羨慕你，你的成長沒有尖沙咀、銅鑼灣，但卻是這麼多姿多采，上高山、入森林、越大海、涉激流、打野戰、野外求生，什麼都懂，什麼都嘗試過。可是，你懂得駕駛帆船麼？

懂一點點，以前參加過海童軍的活動。

開玩笑！現在你要飄洋過海，你以為在香港海灣內童子軍划艇？

你錯了。人們總以為童子軍，食雲吞，打爛碗，賠枝棍，小兒科，小玩意，雞手鴨腳，出不了大場面。

十五歲那一年，我參加了海童軍四日三夜「志風號」菲律賓之旅。「志風號」是一艘帆船，要大家合力駕駛。想想看，十五歲小伙子，渾身是膽，精力無窮，有機會用盡全身力氣，天高海闊，與風鬥，與浪鬥，白天的海，黑夜的浪，茫茫一片，沒有畢直的路向，掌舵駛帆，全憑計算，全靠推測，這一刻不知道下一刻會出什麼事，到這一灘又不知道下一灘會是何模樣，多麼的刺激！

船身搖擺，左右左右；風浪大時，船舷入水更深，人在船上，先要穩定自己，平衡身體，最好的方法是忘我地工作，盡情地參與。

一路無事，船停泊在一個海灣中，灣中水流湍急。

「Sir，有一艘快艇被沖走！」有人大聲呼喊道。

好。

團長立即下令教練帶一個學員去追快艇。我剛好站在教練身旁，被他選中了，真

我們合力解下另一艘快艇，像猴子般輕巧敏捷地跳下艇中，教練開足馬力，一會兒便追上了那一艘被沖走的快艇。

糟糕！沒繩子！沒有帶繩了，用什麼繫住那一艘在水漂流的快艇呢？

教練在前面駕駛快艇，我挪往快艇尾部，好，就用身體做繩纜，我先用雙腳夾住座位，穩定身體，然後盡量伸出雙手，抓住那一艘快艇的船尾板，把它拖回志風號。

「人肉船纜」的事，不逕而走，我當然英名大噪，被稱「拚命輝」，而我的腋窩，則痛了三天；腿呢，痠痛了兩天。

當時，你不害怕麼？

那時候，初生之犢，不知天高地厚，所謂「膽生毛」，什麼事都敢做。到年紀漸長，更明白到與其浪費時間來害怕，不如集中精神做好這件事。

你有勇有謀，幸好年少時沒有去做社會上的滋事分子。

青少年滋事，也不過是年少氣盛罷了，如果精力無從發洩，最好是投身歷奇活動，接受挑戰。

你這一次在英國揚帆出海，又有什麼趣事？

趣？不，是驚險萬狀，無以復加。

這一天，天氣寒冷，天色陰暗，藍灰色的海面，海波粼粼，天氣天色雖不太好，但又不至於壞到要改期起航。

「雄風號」是一艘帆船，長九十呎，有一支主桅杆，首尾側風桅杆，由於靠風力推動，我們要集體配合，控制帆杆，才能將船駕駛好。救生艇在船尾，上白浪島用的獨木舟就繫在船身兩側。

要做一個出色的軍人，上山下水、沙漠冰川、甚至高空深海，任何環境，我們都要適應；任何情況，我們都要能夠克服。戰爭，沒有固定的場地、特定的條件、不變的天氣，訓練不足，只會死路一條，練就一身本領，對自己有利，何樂而不為？

今次任務，以熟悉英倫海陸的上士和貝利做船長及副船長。上士一聲令下，我們分做兩個縱隊：

「第一縱隊當值操帆，第二縱隊在主帆絞起後可以休息，準備當夜更。每更十二小時，兩縱隊設小隊長，第一縱隊隊長Panda，隊員有歷蘇和娜娜；第二縱隊由霍得帶領，隊員有拉猩和阿迪。有沒有問題？」

「No, Sir!」

「好，各就各位，立即啟錨！」

什麼沒有問題，聽聽，問題可多呢！

「平日都是紙上談兵，現在忽然真的出海，我怎麼知道是否做得來？」

「三人一更，人數這麼少，怎應付得了啊！」

「糟！忘記帶止暈丸，我會暈船浪唷！」

「非洲只見森林不見海，習慣了腳踏實地，現在飄在黑黝黝的大海上，船兒搖呀晃呀，嚇得人整顆心也要吐出來！」

貝利拿起望遠鏡注視着遠方的地平線，海面上並沒有其他船隻，「雄風號」披着曙光穿行在粼粼的海波之上，我們首先將後面的三角帆打開，讓它吃滿海風，駛離海灣，駛出外海後，便敏捷地絞動索盤，把主帆高高掛起，又掛了前帆，船便吃盡風勢，加速向前駛去。船頭激起浪花，一束浪花飛過舷緣，海水傾瀉全身，在我們的嘴唇上留下了帶鹹味的海水，在海水拍擊船身和海風次打帆索的尖嘯聲中，「雄風號」穩妥地向白浪島駛去。

下午，天空中湧起縷縷烏雲，海面上灰濛濛的一片，幾分鐘後，天空突然黑沉下來，大雨傾盆而下，海面上的波濤忽然轉為洶湧大浪，浪高如山。船，隨波跌盪，每次滑下坡谷時，只見四處水牆，地平線消失了，一會兒後，又在暗藍色的水牆後面出現。帆，隨風狂拍；杆，隨帆左右晃動；船身左右搖擺，船舷差不多與水線平齊，險象橫生。我站在方向舵前，緊緊抓住舵盤，強風夾着冰冷的海水，早把我們冷得渾身哆嗦。

「轉左！」又一個巨浪湧來，上士發出命令，我立即將方向舵扭向左邊，浪頭排山倒海地從我們的側面捲來，千噸海水頃間在眼前倒下，「蓬」的一聲巨響，小量傾瀉到船邊，給我們每一個人來一個「照頭淋」。船上每個人都緊張萬分，凝神專注，小心聽從上士指揮，迅速執行命令，發揮了最大的服從性、合作性。

捱了好像一個世紀，終於衝出了暴雨區，再見到湛藍的天空。天邊，竟然滿天霞彩，一輪赤紅如火的太陽，鬆軟地掛在地平線上，渾圓如一個大餅，頃間，光芒收斂，倏的落在蒼茫的海面上，和水相接了，下沉了，卻不忘瀉下水蛇般的金光，在水面上游動。

風雲多變，猶如戰場詭秘。

大海，真善於以變臉來考驗人。

大家舒了一口氣，佇立船頭，享受這刻風浪後的平靜。

上士要去小解，把望遠鏡交給我，我用望遠鏡觀看海面情況。海上沒有任何其他船隻，鏡頭轉向帆杆。

赫然發覺頂桅上的帆的一條繩索被吹斷了！

夜要來臨了，天又開始下起雨來，現在不去把繩索綁好，到晚上，情況可更危險和狼狽。上士小解回來，我立即向他報告，還自動請纓爬上去綁繩。

站在主帆桅杆下，引頸上望，不免一陣暈眩。不看了，摟緊桅杆，上！我身手敏捷，迅速爬上頂桅，坐在橫桁上，雙腿緊緊纏着桅杆，伸出身子，再伸長一隻手，要抓住斷索，誰知道，船身來一個傾側，斷繩被吹開了。我再一次穩定身體，船身今次向相反方向擺動，斷繩向我這一邊盪過來，我手一伸，抓住了，打了個牢牢的結，看它穩妥堅固之後，才迅速沿着船杆滑下去。

帆船在波中最不穩定，杆濕桅擺，這樣子爬桅杆，的確夠驚險刺激，但不好玩。

站在船面，我覺得有點暈眩，雙腿不住顫抖。

「Panda，幹得好。」上士拍拍我的肩膊說。

我未來得及說謝謝，忽然覺得左大腿劇痛不止，低頭一看，褲子被什麼撕破了，大腿上插了一條鐵線。

血流得利害麼？怎樣把鐵線取出來？怎樣止血？我見血會頭暈！

不要緊張，血是流了，卻又自己乾了。我不想用刀子取出鐵線，這樣做，皮開肉綻，造成大傷口，不縫針，血不止。

我坐下來，用輕輕的力，緩慢地把鐵線一毫米一毫米地拉出來，然後在傷口上塗上消毒火酒，貼上藥水膠布。

我的媽喲，痛死了！

的確很痛，但受得了，不去想它，繼續工作，一會兒，便好得多了。

只是褲子穿了一個大窟窿，刺骨的寒風，刺肉的海水，統統乘機鑽進來肆虐。

船兒在洶湧的大海中顛簸了一個晚上。第二天，開始駛進海峽。風息浪止，帆船平穩前進，海水在黑色的礁石堆裏蕩漾，發出低沉海語，海峽裏，點綴着一座座林木覆蓋的小島，島上是陡峭的山，山崖巍巍聳立，山背上岩石光禿禿的；山頂高處，覆蓋着皚皚白雪，現在正是雪溶的季節，恐怕我們的獨木舟，在激流中又有一番惡鬥。

在白浪島對外海面，我們拋下錨鈎，換上輕裝，二人一組，划着獨木舟，向島上進發。激流在山中，上岸後，我們要揹着背囊，托着獨木舟，向深山高處進發，這時，你多渴望手臂肌肉隆起，一團一團的，好有足夠力氣承托重物。

一二、一二、一二……

我和貝利一組。我身材較矮，上山，當然我在前，高大威猛的貝利在後。

白浪島的急流湍灘不易過，急流的出口處更有白水漩渦。我們先研究地圖，在地圖上標上各個估計中的險關，計算好各處湍灘的梯級落差。

白浪島島如其名，地勢險峻，山坡陡削，條條水流，湍急萬狀，惡浪翻滾，白浪浪頭，無休無止，梯級落差更可高達二、三十呎。

我和貝利一組，首先下水，破浪前進，划得十分協調，即使接近梯級，也能夠把獨木舟控制好，船頭或直或橫的越過梯級。

第一個湍灘，第二個湍灘，落差數呎，對你們來說，噢，噢，好刺激，對軍人來說，easy job。我們輕易划過，沿途上還說說笑笑，欣賞兩岸風光。

到達第三個湍灘前，忽然亂石橫堆，獨木舟開始斜向一邊，石堆更把船掀起，扔向岩石。

「快，右划，離開石堆！」

「左划，不要撞到岸壁！」

貝利是小艇的指揮。我們拚力划槳，剛剛避過亂石峭壁湍灘，還未及喘一口氣，獨木舟便一個勁地打圈子，接着急沖直下，斜插十數呎瀑布，「澎」的一聲，直墮崖底，艇身還翻了過來。

我和貝利倒身掛在水中，屏息忍氣，忍住呼吸，等待獨木舟慢慢浮上水面，然後貝利伸手上指，我們便齊用腰力，把舟翻轉過來，讓自己重見天日。

「Wow! It's great!」貝利叫道。

「吁！能再呼吸到清新的空氣，真好。」

險裏逃生的喜悅之外，我還有一種戰勝挑戰的愜意。

這時，其他三艘獨木舟也到了，他們都安然飛越水瀑，沒有翻舟，我和貝利都是強中之強，偏偏就是我們栽倒，或許，這是天意弄人，天意難測。

這事故，有沒有影響你們畢業？

遇到問題不要緊，最重要的是怎樣解決。誰能保證一生順利？

「遇到問題不要緊，最重要的是怎樣解決。」這兩句話真有意思。

無風無浪，培養不出好船長；飯來張口，只會養出白癡兒。我愛挑戰！

我們小心翼翼，划向最後一灘，過了這一灘，便算大功告成，考驗結束，可以啟錨回航了。不過，聽說那一灘的驚險處不在落差，而是在那使人聞之喪膽的湍急白浪漩渦。

時近深秋，川流兩岸，層巒疊嶂，溪河咆哮，流量充沛，獨木舟在深谷溝溪之中，順流而下好半天了，山谷仍然險狹，流水仍然湍急，帶着一股懾人的兇勢。

我們絕不敢掉以輕心。

不遠處傳來水聲隆隆。

「來了！」我和貝利齊呼道，抓緊船槳，嚴陣以待。

「哇！」一股離心力，拋得我倆雙手舉起，濕漉漉的頭髮，也飄揚起來，水力風速，使你根本睜不開眼睛。

「噗」的一聲悶響，獨木舟直插水中，半晌，才徐徐地浮出水面，一摔頭，摔去

了臉上髮上的水珠，張開眼睛，發覺前面座位沒有了貝利！

還未及呼叫，便感覺到獨木舟被一股急流牽扯着，正向後退去，我拚命向前划槳，一邊大叫：「貝利！貝利！」

「Panda, I am here!」

聲音從後面傳來，我轉過頭去。

貝利在水中！正拚命向漩渦口的相反方向游划。

糟糕！貝利前面大約二十呎處，有一個急湍漩渦，漩渦口雖然只是隱約可見，但我很清楚那是一個很兇險的急湍漩渦。

情況實在糟透了。

救人，不能不救。

救人又自救，我沒把握。

急流一步步把貝利拖往漩渦中心。

我們早就聽説過，這個白浪漩渦，殺人無數。上月，在這裏，民間舉辦的一個訓練課程，便死了兩個人。

沒時間思考了，只有拖延時間，待其他人到達，施以援手，我要盡量讓獨木舟向貝利滑去，以便救援，但越接近漩渦口的話，危險性便越增，我得想個較好的辦法。

對！我用雙腳逐寸移出座位內的背囊，同時一隻手持槳穩定方向，另一隻手則忙亂地打開背囊，摸索繩索。

「貝利，支持着，我來了！」我還得一邊呼叫，讓貝利振作。

繩索找出來了，貝利和獨木舟又向前滑了許多。

要命的繩索，綑紮得四平八穩，絕對合乎標準要求！

一個分心，獨木舟擺了方向，我急忙用船槳把它划過來。

急、急、急、急、急，我焦急得汗流浹背，本來濕漉漉的手更微微顫抖起來。

「噗」的一聲在前方響起，「Panda，我們來了！」是歷蘇和阿迪！

這時，我已單手鬆開綑繩，轉換左手持槳，右手把繩狠狠地拋出去。

天主保佑，一拋即成！時間無多了！

說時遲，那時快，「啪！」的一聲，繩子落在貝利頭上，貝利伸手一拉，把獨木舟更扯近漩渦口。

「Panda，接住！」阿迪叫道，歷蘇正在獨力划着獨木舟。

我立即抽起船槳，橫擱舟上，伸手一接，接過阿迪拋來的繩索，迅速地把它和貝利拉着的繩子打了一個牢牢的雙人結，我正要划舟而出，離開漩渦的吸力，不幸地，船槳卻「嗖」的滑到水中！

我彎下腰，拚力雙手划水，要追上船槳，船槳卻被漩渦的水流引到漩渦中心去了，沒辦法，我只好用盡媽媽給我的力氣，雙手作槳，沒命地划，一吋一吋地掙扎。

惶急中，覺得有一股神力，穩住獨木舟，而且在牽扯它離開漩渦，抬頭一看，原來是貝利！他一手抓着救命繩索，一手搭在我的船邊，藉力助我一把。可惜，漩渦的引力太大，我們用盡蠻力，仍然膠在原處，寸步難移。

那邊廂，拉猩和娜娜、霍得和上士都到了。娜娜做人肉繩索，抓住歷蘇和亞迪的舟，拉猩猛力地划，正協助大眾脱離險境，霍得和上士直接划到岸邊，上士先上岸，他的責任是做觀察者，只有霍得可以動手。

霍得首先找出舟上的所有繩索，一頭牢牢地繫在岸邊一棵大樹上，另一頭繫在自己身上，跳上獨木舟，向我和貝利划來，可惜繩子不夠長，他大呼道：「Panda，接着！」說時，他將船槳拋給我，拿槍練武的人眼界果然不凡，手力也勝於常人，只是角度好像稍微高一點，我兵行險着，整個人站立獨木舟上，伸手接住。

嘿！有船槳在手，我便如有神助，獨木舟徐徐向前滑進。

這時，拉猩划舟向霍得靠攏，兩舟一合，霍得一個轉身，扯住繩索，把後面的一串舟與人，扯到岸邊。平日表情嚴肅深沉的上士，走過來和我們互相擁抱，在溶雪的季節中，他的額頭濕漉漉的，盡是汗。

七個大兵，在岸上，相擁流涕。

歡欣、感激、成功、友誼，盡在涕淚中。

我們在白浪漩渦中，看到人性的善與勇。

我立了功，但在檢討會上，仍被狠批在獨木舟上橫擱船槳的致命錯誤……

十五　鏡子奇緣

聖誕節。

英國的聖誕節，寒冷而熱鬧。

街上鬧哄哄的，我的心也熱烘烘。

新年過後，我將在軍校畢業，並且考取了教官的資格，我沒有丟香港部隊的臉。

我將可以回家了。

我乘車到市中心，想買點什麼給爸媽和姊姊。

希望回家時，看見爸媽重修於好，還子女一個完整溫暖的家。

櫥窗內商品琳琅滿目，美不勝收，使人深深被吸引，不覺駐足看得入神。

櫥窗內有一組旋轉木馬……

你這人，什麼東西有個「旋」字，都對你特別吸引。

整個旋轉木馬模型高二呎，闊三呎，每隻馬不同模樣，不同顏色，不同裝飾，教人看得目不轉睛，只感到賞心悅目。

我站在窗前，怔怔地看，癡癡地想。

想爹娘？哈！

櫥窗上忽然出現了另一個影子，我的身旁來了另外一個人。

我不以為意，櫥窗裏的木馬在旋轉，轉出我遐思無窮。

忽然，我怔住了！

旋轉木馬的中軸的鏡子中，出現了似曾相識的影子！

是她！

倏地，鏡子轉過去了，影子也消失了！

她就在我身旁！

是她麼？怎可能這麼巧？

我的心噗通噗通地狂跳起來。

旋轉木馬的中軸的另一面鏡子轉過來了，我緊張地把頭貼到櫥窗玻璃上去，想看清楚鏡中人。

那五官、那神態，分明是她！

你真是，轉過頭去，面對面看清楚，不就是了！猜什麼？是她？是她麼？不是她！可又是她！

我不敢，就是不敢。

戰山，戰水時，便掛個大大的「勇」字在胸前。情字來了，卻這樣窩囊，沒中用。

勇？這麼多年不見，這麼多年沒有通信，你可以一眼便確認出來？如果不是她，那可尷尬死了！

她早深深印在你眼中、腦裏、心中、肚子裏，甚至手心、腳底吧！

別忘了，我們分手時，大家才中三呢！

那麼，你又為何覺得見到她——在窗櫥中，旋轉木馬的中軸的鏡子裏？

X'MAS

旋轉木馬的中軸的鏡子又轉過來了，我覺得，應該是她！

我正想努力轉過身子，和她打個照面，要看清楚。

對，這才像話。

就在這關頭，鏡子中出現了另一個身影。

「喜歡嗎？」

她轉過身子，向背後的詢問回答：

「嗯，我一向喜歡旋轉木馬。」

「是因為自己的名字？」

多熟悉的聲音！

我的腦子裏「嗡」的一聲響。

「走吧！」

「聲音」摟着她，離開了。

街上車水馬龍，行人如鯽。

我，獨自站在窗前，墮進如幻似真的夢境中。

我不知自己身在何處，許久許久，我才抬起頭來，環顧四周。

下雪了。

不知在什麼時候，雪無聲無息地落下來。

風聲蕭蕭，雪花飄飄。

再抬頭，她已不知去向了！

十六　奇幻情緣

揹着背囊，輕裝上路。

其他隊友，各有計劃，我身無錢財，還是快快回家為妙。

早一天的晚上，夜深人靜，我搖了一個電話回家，告訴爸媽我回香港的消息。

為什麼不突然出現，給他們一個驚喜？

我當然另有「陰謀」。

我計算好了時間，知道那個時候，香港應該是清早，媽媽已經起牀，準備出門去。而爸爸呢，則應該還在夢中。自從我不在家裏住之後，媽媽養成每天晨運的習慣，爸爸照常上班，努力工作，賺取金錢。他也遵照當日「離婚」的協議，負責交租和水電雜費，聽說他曾經嘗試將一定數目的金錢交給媽媽，作為生活費，但媽媽一言不發，也不望他的錢一眼，轉頭便把自己鎖在房中。爸爸只好將錢交給姊姊，囑咐她轉交媽媽。

伯母真的如此怒火難消？

或許是她堅決執行「協議條款」第五條：「不得故意和對方說話、企圖接近對方」吧。

世伯也可說情義雙全，伯母好歹便原諒他吧。

父母的事，我們做子女又能夠左右多少呢？

我選擇那個時間致電回家，就是希望媽媽接電話，待告訴她回家的消息後，要求她去拍爸爸的門，叫爸爸聽電話，從而打破互不說話的僵局。

你成功麼？世伯有沒有來聽電話？

有。

你成功了！

你太天真了！跟聰明的媽媽鬥智，我還不是她的對手。

那麼……

爸爸是在牀上聽到媽媽跟我說話，自己走出來的。他乘機問媽媽說：「是耀……」耀字才出口，輝字音未形成，媽媽已經放下電話，回房關門去了。

世伯又失敗了。

用了僅有的積蓄搖通長途電話，卻收不到預期效果，我也沒辦法，只好怏怏然踏上歸路。

機艙內，我在靠近窗戶的座位坐下，打算舒舒服服地閱讀從架上取來的雜誌，瞄了便找周公去。忽然，眼角映入一個嬌小的身影，正努力地要將重甸甸的手提行李托起，莫說她看似有困難，就是沒有，基於男性的本能和風度，我也必定出手相助。

我站起來，對她說：「讓我來，好嗎？」

她報以甜甜的微笑，說：「謝謝你。」很自然，很親切。

原來她是我的鄰座乘客，座位就在靠近通道的一邊，我們中間的座位沒有人。

Panda，天助你也！

不要胡說，我全無歪念。

奇怪，窈窕淑女，君子好逑，絕對正常，何歪之有？

飛機起飛了，空中服務員開始供應飲品。基於反歧視法案，歐洲航線的空中服務員，男女高矮肥瘦老中青都有，給我們飲品的是一位女的、胖的、年紀不輕的女服務員，黑着臉抿着嘴，手腳似乎不大靈活地派發飲品。放下飲品時，不是輕輕地送上，而是重重的一放，讓飲品潑出少許。是工作不愜意？還是剛跟丈夫或誰絆了嘴？我有點擔心座位接近通道的她有麻煩，正想鼓起勇氣向她提議調換位置。

「噢！」我和她同時驚呼，眼巴巴看着一杯橙汁倒在她身上。

她忙於抹去衣服上的橙汁，我忙於給她紙巾，連手帕也奉上。抬頭，那位女的、胖的、年紀不輕的女服務員已不知所終，而且再沒有出現過。

「你沒事吧？」

「幸好不是熱水。」頓了一頓，她又說：「謝謝你的幫忙，連你的手帕也弄污了，真不好意思。我去把它洗乾淨。」

我連忙搶過手帕：「讓我自己來，我做慣。」

「你男孩子，怎會做這種事？」她奇怪地問。

「我是兵來嘛，什麼事都要懂得一點。」

她睜大眼睛，露出驚訝的表情。

她肌膚白皙，白裏透紅，水靈靈的大眼睛，配上精巧的鼻子，櫻桃的小嘴，美得慧黠精靈，我看得呆了，顯然失了魂魄。

她看見我那傻兮兮的樣子，「咭」的一聲笑了出來：「你叫什麼名字？」

「手帕！」我衝口而出。

「什麼？」

「Panda，我叫Panda。」幸好她沒聽清楚，我的背在滲汗。

「我去洗手帕，你坐到裏面吧，免得又被人濺上熱湯熱茶沙律醬。」

「你這人說話真風趣。」

「忘了問你的名字。」我利用轉過身的刹那，鼓起勇氣問道。

「凱旋，家人朋友都叫我小旋。」

耳膜「嗡」的一聲響，我差點倒在前座那個胖子身上。

真的是小旋？

你沒聽清楚嗎？人家是凱旋，不過家人朋友都叫她小旋。

太好的名字，很配你呢，凡兵都愛凱旋。

凱旋，小旋，太巧合了，忽然間，叫我如何應付？

應付什麼？去了個小旋，來了個凱旋，說不定是天意呢！

洗手間內洗手帕。

瞧瞧鏡中的自己，兩頰通紅，兩耳赤熱，額頭上滲出豆大的汗珠兒，一顆心噗通噗通狂跳，洗手帕的雙手微微顫抖。

我暗歎一句：「Panda，女孩子面前，你永遠窩囊！唉！」

感覺好強烈呢！好兆頭，有下着。以後怎樣？

以後？不用說，在十多小時航程中，我們談個沒完沒了，十分投契。雖然是長途旅程，但我倆一點睡意也沒有。

前後左右可要多謝你們的噪音了。

我倆談話是很輕聲的，應該不會騷擾他人。

最怕是小聲說，「咭咭」笑呢！

出閘口，便看見站在前面正中的媽媽，還瞥見躲在柱後的爸爸！

世伯伯母一起來了？

如果一起來，便不用有一個躲在柱後了！唉！

和凱旋認識和相處的歡樂，瞬間被這對活寶貝沖淡了。

不過，和家人久別重逢，始終是開心的。

「耀輝！」不見一整年，媽媽興奮地朝着我揮手喊道。

「媽媽！」我跑上前，對媽媽來個熊抱，然後緊緊握着她的手。

「耀輝！」爸爸從柱後現身，在媽媽後面怯怯的道。

媽媽驚訝地回過頭去瞪着爸爸，她顯然不知道爸爸會來接機。

「爸爸」我伸出另一隻手，摟抱爸爸，然後也緊緊握着他的手。

倏地，我把他們的手疊在一起，用力握着不放，想起父母離異，家庭破碎，一時感觸，情緒激動，眼淚不受控制地潸潸而下。

「世伯、伯母。」凱旋在旁，一邊和爸媽打招呼，一邊掏出紙巾給我揩淚。

「咭！」她掩嘴而笑。笑我這個大兵原來是「裙腳仔」，見到爸媽要流眼淚？

「對不起，這包紙巾不是T字牌。你看你的臉。」凱旋把我的頭轉向接機大堂的大鏡。

「世伯、伯母，我是凱旋，人人都叫我小旋。」小旋大方地介紹自己。

你看我，看見爸媽，想起破碎的家，情緒激動，連介紹凱旋也忘記了。

鏡中的我，滿臉粘着揉碎了的紙巾，黝黑的皮膚，因情緒激動而暗紅起來，襯托着一小片一小片的白色紙巾，一雙大手，緊緊握着爸媽的手不放，樣子滑稽得像個淘氣的小傢伙，惹得爸媽也笑起來。

「來，我們上館子吃飯，慶祝耀輝和哥哥回來，也慶祝我放了一年中的第三天假。」爸爸興致勃勃地提議道。

好爸爸，來了，主動出擊。

「哥哥回來了？哥哥學成回來了？」我興奮地嚷道。

「哼！不要以為兩個兒子回來，你便有機可乘！」媽媽瞪着爸爸道，然後回頭望着凱旋，慈愛地、笑瞇瞇地問：「小旋，你家在哪裏？」

「我住在東區，伯母。你們呢？」凱旋說時，輕輕扶着媽媽的手臂，親切得像個小媳婦。

「來，小旋，一起走。」媽媽就像看見小媳婦般高興，也不去理會爸爸，伸手拖着小旋。

「爸爸，上哪館子吃飯？」我問。

「尊重媽媽，媽媽說吧。」爸爸誠懇地望着媽媽，請她提議。

「離婚」歲月中，爸爸改變了許多，主動說話多了，也減少了戾氣。

在一雙大手之中，我感覺到爸爸握着媽媽的手，牢牢不放，媽媽也沒有掙扎的意思。

「媽媽，爸爸的五大罪狀，他都改過了，你便原諒他吧，一家和氣，大家都會更快樂。」我在媽媽耳邊輕聲說。

「我要罰他。」

「罰什麼？」爸爸緊張地問。

機靈的凱旋別個頭去，假裝看機場景色。「果然是善解人意，體貼入微的女孩子！」我心中暗暗稱讚。

「罰他捉一百隻蟑螂，一百隻螞蟻。」

「什麼？」主意太新奇了，我又正遐思遠飛，怕自己聽錯。

「我說，罰他捉一百隻蟑螂，一百隻螞蟻，各五十雄，五十雌，要活的，生擒。」

「好、好、好、好、知道。」爸爸連忙答應。

莫說蟑螂螞蟻，媽媽現在要他去摘月亮，怕爸爸也「好、好、好、好、知道、知道。」地應和吧！

嘩！伯母好創意！好利害！為什麼？

後來我才知道，原來家中出現蟑螂螞蟻，愛清潔的媽媽覺得很煩，但她心地善良，又不想用殺蟲藥，所以想起活捉生擒的主意，捉夠數量，她還要拿到山上放生。

那為什麼要各五十雄，五十雌？

這是媽媽聰明之處，進可攻，退可守，收放全在她掌中。

你回家時是冬天，要找蟑螂螞蟻也不容易。好一個觀音菩薩戲弄孫悟空。

上的士時，凱旋主動坐到前座去。後座車廂中，爸爸和媽媽把我夾在中間，我的一雙大手仍然緊緊握着他們的手。

「叫哥哥和姊姊一起去吃飯吧。」我建議說。

「到達館子時，搖個電話通知他們。」媽媽說。

「好，好。」爸爸忙不迭應和道。

以前一向說No的爸爸，看來已變了「好」「好」先生。

前座的凱旋，拿起鏡子塗潤唇膏，我瞥見鏡子裏的自己。

「Thank you!」我對鏡子中的她說。

她微微回過頭來，向我單起眼睛，嫣然一笑。

一切，盡在不言中。

幸福，也盡在不言中。

愛情路上，我失落過，痛苦過，我知道，現在我才有機會得到更美好的。這一次，我不會讓她溜走的。

幸福，是要自己努力爭取的——當然還得加點耐性與韌力。

耀輝跟你説

一次成功，並不代表永遠成功！

一次失敗，並不代表永遠失敗！

今天我試過成功，亦試過失敗，但我從未試過放棄。

在多元文化熏陶下，我們的生活是多姿多采的，但對於你來說，每天的生活是充實還是充塞？兩者你又如何分辨？另外，你的生活是建基於質（Quality）還是量（Quantity）之上呢？那你又如何提升你自己的生活質素？

廿一世紀是速度及資訊科技的時代，提供了一個日新月異的學習空間，你如何把握這機會，在成長路上拓展一個新里程呢？

「路」是人行出來的！「路」是人闖出來的！「路」是要人經歷的！

但在經歷過程中，會遇到不同環境，我們應如何自處？用什麼角度理解？用什麼心態面對，以致能細意品嘗箇中滋味？

在這成長「路」上你可曾考慮過：

你的希望？

你的價值？

你的方向？

你的目標？

你的定位？

你的計劃？

你的準備？

你的速度？

你的支持？

你怎樣安排自己的人生及作出決定呢？

你是否開始定下的你人生目標及方向？

你找到你的同路人了嗎？
智者說：忍一時風平浪靜、退一步海闊天空。
耀輝卻相信：踏出一步放眼世界，衝出自己挑戰未來。
希望藉着我的歷奇人生，與大家作一些分享，願天父所賜我的生命，能成為你的祝福！燃點生命的希望。

李耀輝
本書主人公麥耀輝的生活原型
兒童及青少年歷奇活動訓練導師

飛躍青春系列

車　人

- 青蔥歲月
- 穿越百年的友誼
- 異國的天空
- 遊戲迷之旅
- 我不要再孤獨

君　比

- Miss，别煩我！
- 他叫 Uncle Joe
- 四個10A的少年
- 誰來愛我
- 夢醒之後

利倚恩

- 再會於紫陽花部屋
- 那些相依的歲月
- 愛令世界轉動
- 甜甜圈日記
- 甜甜圈日記(最終回)
- 走在櫻花樹下的日子
- 我心中住着一個他
- 那些相依的歲月(最終回)
- 愛伴我高飛
- 蝶舞傳說1 · 再次牽着你的手
- 蝶舞傳說2 · 給你溫柔的擁抱
- 蝶舞傳說3 · 你是我的守護天使
- 蝶舞傳說4 · 陪你走過每一天
- 蝶舞傳說5 · 你把我放在心上
- 蝶舞傳說6 · 只想留在你身邊
- 蝶舞傳說7 · 奇妙相遇篇～給未來的禮物
- 蝶舞傳說8 · 但願你會明白我
- 蝶舞傳說9 · 只要有你的微笑
- 蝶舞傳說10 · 結局篇～永遠牽着你的手
- S傳說來了1 · 許氏力場
- S傳說來了2 · 怪盜K的復仇

阮海棠

- 再見，黎明

宋詒瑞

- 少女心事
- 少男心事
- 生活中不能沒有愛
- 倔女兒Vs嚴媽媽

卓　瑩

- 那年我十四歲
- 讓我再次站起來
- 像我這樣的幸福女孩
- 原來我可以
- 請你靠近我
- 我不是草莓族
- 回到冰雪上的日子

胡燕青

- 頭號人物

韋　婭

- 兩個Cute女孩
- 成長的煩惱

馬翠蘿

- 這個男孩不太冷
- 非典型女孩
- 跨越生死的愛
- 鋼琴女孩
- 愛是你的傳奇
- 迷失歲月

孫慧玲

- 旋風傳奇1 · 旋風少年手記（修訂版）
- 旋風傳奇2 · 魔鏡奇幻錄（修訂版）

桃　默

- 超「凡」同學之實驗室幽靈事件
- 超「凡」同學之不可思議昏睡事件
- 超「凡」同學之神祕綁架事件
- 超「凡」同學放暑假
- 超凡新同學之天水圍城事件
- 超凡同學破奇案
- 超凡新同學之模特兒FANS瘋狂事件
- 超凡同學漫遊魔幻王國
- 超凡新同學之怪獸出沒事件
- 法中女子足球部
- 法中女子足球部 2 出線任務
- 法中女子足球部 3 全國大賽篇
- 超凡同學VS超時空守護人

梁天樂

- 青春火花
- 不能放棄的夢想
- 擁抱夢想
- 打出一片天
- 瞇上眼睛看你

麥蒔龍

- 逃出無間

麥曉帆

- 愛生事三人組
- 妙探三人組
- 鬼馬三人組
- 明星三人組
- 至叻三人組
- 拜金二世祖
- 玩轉火星自由行

黃虹堅

- 十三歲的深秋
- 五月的第一天
- 媽媽不是慈母
- 醉倒他鄉的夢

鄭國強

- 我們都是第一名
- 和好朋友説Yes
- 叛逆排球夢

關麗珊

- 浩然的抉擇
- 中二丁班
- 我不是黑羊
- 睡公主和騎士

周蜜蜜

- 來自星星的小王子 · 壹 · 神秘的約定
- 來自星星的小王子 · 貳 · 真假「王子」之謎
- 來自星星的小王子 · 叁 · 小王子的星球